POËSIES

DV SIEVR
DE CAILLAVET
CONDOMMOIS.

DIVISE'ES EN DEVX LIVRES,

Et dediées à sa MELINDE.

SECONDE EDITION.

A PARIS,

De l'Imprimerie de PIERRE TARGA, ruë
Sainct Victor au Soleil d'Or.

M. DC. XXXIV.

AVEC PRIVILEGE D

A MELINDE.

NE m'estoit-ce pas assez de mal'heur d'estre defectueux à vos yeux, sans que pour vn surcroy d'infortune, tout le monde le sçeut? Non, MELINDE, ce me seroit peu, que tous les hommes fussent tesmoins de mes deffauts, pour-ueu qu'ils vous demeurassent cachés. C'est vous seule à qui ie souhaiterois de pouuoir plaire, puis que vous estes l'objet vnique de mes passions : Et la faueur des peuples me seroit importune, si ie n'auois celle de vostre estime. Ie vous donne les effects pour garans de cette parole : car oubliant le mauuais accueil

qu'ils pourront faire à mes vers, & toutes les attaques de la mesdisance; ie les
expose hardiment à tous les deux, puis
que vous me l'aués commandé ; & ne
me soucie point qu'ils m'appellét ambi-
tieux, pourueu que ie vous paroisse
obeïssant. Ceux qui me connoissent sça-
uent assés, qu'il a fallu quelque plus fort
Amour que celuy que ie porte à mes
ouurages, pour m'obliger à les produire
si auant. Ils ont tousiours trouué mes
inclinations contraires à celles des Sin-
ges, & mon ame trop raisonnable pour
idolatrer les deformitez de ce qui vient
de moy. Ie sçay bien, MELINDE,
que c'est vne excuse qui ne sera pas bien
reçeüe de tous, pour ce qu'elle est trop
commune. Et qu'il n'est point d'Autheur qui ne veuille persuader, que c'est
auec contrainte qu'il met ses escrits sous
la Presse. Mais il me suffira que vous
vous souueniez auec combien de vio-

lence, & par quelles raifons ie vous ay iufqu'icy difputé l'impreffion de mes Poëfies. De quelque faux efclat de renommée que voftre complaifance ait tafché d'efblouyr mes yeux, auec quelle obftination ne vous ay-ie pas remonftré que mes propres deffauts, ou l'exemple des malheurs d'autruy, me faifoient croire qu'il valoit mieux n'eftre point connu du tout, que de l'eftre par fi peu de chofe; ou à l'imitation du Boutefeu facrilege, par le bruit d'vne mauuaife reputation? Le plus ardant defir que i'euffe peu auoir de donner au public, & à vous quelques-vnes de mes pieces, fe fût efteint autant de fois, par l'apprehenfion du dãger qu'il y a d'efcrire en ce temps, puis que le nom de Faifeur de liures eft odieux, & que celuy de Poëte paffe en offenfe. Mais puis que vous le voulez, MELINDE, l'Amour qui furmonte les plus hautes dificultez , viendra bien à bout de mon opiniâtreté. Et deuſſe ie ſeruir de ioüet à la France, ie paroiſtray auec ces lambeaux fripés ſur ſon Theatre, parmy les plus grands Perſonnages qu'elle ait iamais fait voir. Si i'y ſuis à la fin connu, i'en rendray graces à voſtre aymable Nom duquel ie me pare , & que les plus barbares reuereront , forcés de vous accorder cette loüange, que vos deſirs auront paru en cela d'autant plus charitables , que pour procurer mon amendement, en me voüant au public, vous m'aürés acquis plus de cenſeurs que ie n'auray commis de fautes. Quelque ſuccés qui m'en arriue , il vous doit eſtre tout attribué, & i'eſpere que voſtre conſideration me le donnera meilleur que mes ennemis ne voudroient, & que ie ne merite moy meſme. Si ces foibles Eſſays auſquels vos commandements ont donné l'eſſor, reçoiuent voſtre approbation comme ils l'attendent , vous les verrés bien toft fuiuis d'vn plus grand ouurage, & qui fera plus parfaitement à vous que celuy-cy : Si quelques Dames ont part en ce volume, vous ne ferés accompagnée dans l'autre que de vos feules Graces , & de mes Paffions. Ce fera là dedans qu'on vous verra au deffus de toutes celles qui ont iamais poffedé les cœurs des Poëtes. Diane, Caffandre, & Cloris fuyront deuant vous les yeux des hommes, & parmy les autres grands auantages que vous aués reçeu de la Nature , voftre vifage de quinze ans fera honte à leurs faces ridées ; Et les feux de voftre Amant obfcurciront toutes les flames de leurs feruiteurs. C'eft à vous, MELINDE, à faire reuffir ce glorieux deffein , & fi vous agreés le prefent que ie vous fay de ce Liure , me le tefmoigner par des nouuelles marques de voftre affection, afin de r'alumer en mon esprit sa premiere ardeur, que vos froideurs ont presque glacé, & rendu incapable de rien produire : Alors mon Amour & vostre Beauté vous fairont des loüanges si parfaictes, que le Royaume de M E L I N D E, ne tiendra pas à moins de gloire que vous portiés son Nom, que faict l'Auuergne de posseder vos Ayeux, Bourdeaux vostre alliance, & toute la Guyenne vos rares qualitez. Par là nous nous acquiterons à mesme heure de nos promesses ; moy de celle que ie vous fis il y a quelque temps, de mettre en lumiere vne partie despensées que l'amour m'auoit suggeré pour vous : & vous de celle qu'auec vn present de vos tresses, vous me donnattes de m'aimer tousiours. Puis donc que vos faueurs, & vos serments vous y obligent, aymez moy, belle M E L I N D E, encore que mon peu de merite vous en esloigne, & la persuasion des enuieux :

Et ne veuillez pas que la France qui fe
doit vn iour entretenir de vos perfections , accufe vne Ame fi noble de
lafcheté , & reproche à voftre amour,
d'auoir efté pariure au plus fidelle de
tous les Amants.

Voftre tres-humble & tres-
obeïffant feruiteur,
CAILLAVET.

B

ADVERTISSEMENT
au Lecteur.

IE n'ay pas si bonne opinion de moy, ny de mon Liure, que ie ne le soupçonne de beaucoup de fautes : ny si mauuaise de ceux qui le liront, que de croire qu'ils me les veulent toutes donner, L'Imprimeur mesme est trop homme de bien pour me vouloir charger des siennes. Et ie ne suis pas assez mauuais Poëte pour luy attribuer les miennes. C'est mon absence qui doit respondre de celles qu'il a faictes, & mes occupations du Barreau, de celles que i'ay commises.

PREMIER LIVRE.

LETTRE A MELINDE,

OV

SOLITVDE

ODE. I.

*Here Princeſſe de mon Ame,*
Agreez que ma chaſte flame,
Loin des doux atraicts de vos yeux
Paſſe vn iour ſans inquietude
A l'abry d'vne Solitude
Où ſe goûte la Paix des Cieux:
 ù les plaiſirs font leur demeure,
 t malgré l'ardeur de nos maux
 e ſouffrent point d'autre murmure
 ue des ſources, ou des rameaux.

Aij

Auſſi pour alleger mes peines
Ie n'auray que des plaintes vaines.
Contre des objets innocens:
Ce riuage n'eſt pas complice
De la rigueur de mon ſupplice,
Pour le troubler de mes accens.
De quelque mal que ie ſouſpire,
Quel fruict attendroient mes ſanglots
Pour informer de mon martyre,
Des Peſcheurs, ou des Matelots?

La Mer qui baigne de ſes ondes
Le pied de ces roches profondes,
Flattant leur dure qualité,
Ne preſente à mon cœur fidelle
Que mon deſir deſpeint en elle
Quand voſtre eſprit m'eſt irrité.
Et dans le feu qui me domine
N'a pour offrir à mon ſecours.
Que des agents de la Marine,
Que leur pratique a rendus ſourds.

Les voix que ces hommes sauuages
Poussent le long de nos riuages
Ne s'entretiennent que du vent
Qui bruit & siffle dans leurs voiles,
Et pour s'eschaper de leurs toiles
S'esmeut plus fort qu'auparauant.
Ce Fleuue marry que l'on quitte
L'aspect d'vn si plaisant sejour,
En grondant s'oppose à leur fuitte,
Et se plaint d'eux tout à l'entour.

Ses eaux n'agueres violentes,
Qui par leurs fougues insolentes
De nos champs firent des marests,
Depuis que le feüillage sombre
Donne au Printemps quelque peu d'ombre,
Cessent de couurir nos guerets;
Et s'écoulans d'vn flux moins rude,
N'arrestent leur rapide cours
Que pour mieux voir ma Solitude,
Ou en escouter le discours.

En vain la raison importune
Tasche de trouuer dans la Lune
Les vrayes causes du reflux;
Puis qu'il cesse quand la Nature
Priue ce Bois de sa verdure,
Et que l'Hyuer regne le plus:
Qui n'apperçoit dans ce desastre
Que ce Fleuue par son retour
Marque moins la force d'vn Astre
Que les effects de son Amour?

Aujourd'huy qu'apres tant d'orage
Ce bois a repris son ombrage,
Et que nos desbords ont cessé
Garonne rebrousse sa course
Deux fois le iour contre sa source
Pour voir l'endroit qu'elle a passé:
Et comme son reflux s'approche
Des fraisches ombres de ce lieu,
Il languit prés de cette roche,
Et meurt ce semble en son adieu.

Les poiſſons à troupe eſgarée
Veus du plein de la marée
S'eſgayent ſous ces arbriſſeaux,
Dont la pepiniere feconde
Pouſſe des branches hors de l'onde
Qui danſent auec les roſeaux;
Et là parmy ces ombres noires
Croyans leurs esbats aſſeurés,
Ils ſautent à coups de nageoires
Par mille bonds reïterés.

Or vn gros Freſne qui ſe panche,
Embraſſant la Mer d'vne branche
S'eſtend ſur elle de ſon long,
Qui ſe retirant de ſon feſte,
Au deſcendant luy laiſſe en teſte
Vn chapeau de paille & de ionc:
Ores ſans racines & ſans force
Vn Saule tombant d'autre part,
Fait voir ſur ſon humide eſcorce
Les pleurs qu'il rend en ce deſpart.

Là ce Chefne où mon feu s'appaife,
Qui n'agueres fe baignoit d'aife,
~~Couuert iufqu au trone du~~ Pleine Mer,
(interlinear correction: deforme dans la)
Apres la marque retenuë,
Monftrant fa fouche toute nuë,
Semble couché pour s'abyfmer.
Et fe donnant au precipice
Du penchant de tous fes rameaux,
N'attendre plus qu'vn vent propice
Qui le rende à fes cheres eaux.

ODE II.

NOS fontaines font defcouuertes;
J'entends fous ces fondrieres vertes
Le doux bruict qu'elles ont repris :
La Mer bien auant defcenduë
N'eft plus à leur eau confonduë,
Dont elle nous cachoit le prix;
Et pour mieux faire que i'approche
Des ondes que i'efcoute choir,
La croupe herbuë de leur roche
Se monftre commode à m'affeoir.

Icy

Icy par vne peine oifiue
Penfif & courbé fur leur riue
Les deux coudes fur mes genoux,
Ie contemple leur fource pure
Que la faueur de la Nature
A paué de mille cailloux,
Où dés le point de fa naiffance
Cette eau danfant à petits bonds
En figne de refiouiffance
Semble nous dire des chanfons.

Ores cherchant fon origine
Dans le vieux rocher qu'elle mine,
I'admire fon antiquité,
Voyant fur l'endroit qui la pouffe
Un gros tronc reueftu de mouffe,
Et degoutant d'humidité:
Où à l'abry d'vn'ombre noire
L'herbe qui croift dans les rofeaux
Sans iamais fe laffer de boire,
Panche fa tefte fur les eaux.

C

Icy la Lambruche amoureuſe
Hauſſe ſa teſte langoureuſe
Parmy ces feuillages eſpars,
Et de crainte d'aller à terre,
Sur mille branches qu'elle ſerre
Suſpend ſon tronc de toutes parts:
Et m'animant à ſa loüange,
Promet qu'à la ſaiſon du mouſt,
Elle donnera ſa vendange
Au ſeul Oyſeau du meilleur goût.

Là mill' arbres beſſons de ſouche,
De deux à deux, & bouche à bouche
Se baiſent tous entortillez,
Et ne ſont nuds, à ce qu'il ſemble,
Que pour mieux meſler par enſemble
Leurs corps touſiours deshabillez,
Qui parmy les careſſes lentes
De leurs bras retors en naiſſant,
Font voir combien iuſques aux Plantes
Le Dieu d'Amour eſt rauiſſant.

L'à deux Saules dés leur naiſſance
Diſtinguez d'ordre & de puiſſance,
Apres leurs mutuels accords,
Entrecourbez de meſme force
Se confondent ſous vne eſcorce
Et ne produiſent qu'vn ſeul corps:
Et puis cett' alliance faicte
Qui rend leurs amours infinis,
Se disjoignent iuſqu'à leur feſte
Laiſſant leurs corps touſiours vnis.

Sus donc, approchez mes delices.
Ces ſeuls Arbres ſont les complues
Du feu que ie nourris pour vous;
Ils vous tendent leurs rameaux ſombres,
Et tout ce que leurs molles ombres
Ont de plus frais & de plus doux.
Venez cher deſir de mon ame,
Belle cauſe de mon ſoucy,
Puis que ſecourable à ma flame
Ce grand Fleuue reuient auſſi.

C ij

Au concert du plaisant murmure
Que produit icy la Nature
Je joindray les airs de mon Luth:
Si le Roßignol en ses plaintes
Ne fait voir que ses amours peintes,
Nous n'y aurons qu'vn mesme but.
Parmy ces puissantes amorces
Nous mettrons tous deux en depôt
Sur la durté de ces escorces
Nos chiffres grauez sous vn mot.

Un iour ces Chesnes las de croistre,
Auec orgueil feront paroistre
Que de tous les siecles passez
L'amitié la plus ferme & saincte
Sur leur souche demeure emprainte
Des traicts que nous aurons tracez:
Et que Melinde eût l'auantage
D'auoir, plustôt que les quinze ans,
Tout l'Esprit & tout le courage
Qu'ont les plus parfaicts des Viuans.

Pour cette raiſon, ma Princeſſe,
Mon humble ardeur en ce lieu ceſſe
De publier vos qualitez :
Quand bien ie m'oſerois promettre
D'y ſatisfaire vn iour par lettre
Au point que vous le meritez :
Voſtre meſſager me fait taire,
Et me preſſant de s'en aller,
Trouue que pour vn Solitaire
Ie ſuis trop long à vous parler.

EXCVSE.

RESPONCE A MELINDE
sur la demande des harangues du
Gentilhomme , du Conseiller,
& du Financier, ses Amants.

ODE.

Mon esprit triste & tout confus,
Contraint d'accueillir d'vn refus
La faueur de vostre demande,
Vous supplie tres-humblement,
Que trouuant la charge trop grande,
I'en sois quitte d'vn compliment.

EXCVSE.

Iugés, Belle, que mes discours
Qui voudroient mesme du secours
Pour ne point trahir mes pensées;
Ne sçauroient auoir auiourd'uy,
Des paroles assez censées
Pour exprimer celles d'autruy.

Tout nostre effort est languissant
Hors des atteintes qu'on ressent,
Et quoy que l'esprit execute
A prendre des impressions,
Le moindre trauail le rebute,
Hors de ses propres passions.

L'entretien de ces trois Amans
Qui vous ont depeint leurs tourmens
N'ayant frapé que vos oreilles,
Meunde, ne me permet pas
De vous raporter les merueilles
Qu'ils vous ont dit de vos appas.

Ie ne ſçay par quelle raiſon,
Ou par quel titre de maiſon
Ils ont diſputé l'auantage
Qu'ils pretendoient ſur leurs Riuaux,
Et moins quel auoit en partage
Le plus grand nombre de trauaux.

Et certes, comme le deſſein
Qu'ils auoient pour vous dans le ſein,
Eſtoit d'auoir vos bonnes graces:
Si mes propos en cet employ
Meritoient d'adoucir vos glaces,
Ie voudrois que ce fut pour moy.

Auſſi quand mes plus doctes vers
Peindroient aux yeux de l'Uniuers,
Et vos vertus, & leur conteſte,
Ie me doute que leurs eſprits,
Comme vous, excedans le reſte,
Prendroient ce ſein pour vn meſpris.

Qu'apres

Qu'aprés auoir lassé mes sens,
Et pour les rendre plus puissans,
Espousé leur propre merite,
Ils me croiroyent iniurieux,
Et ma loüange trop petite
Pour des sujets si glorieux.

L'vn diroit que ie n'auois pas
L'humeur, ny le feu des combats
Lors que i'employois son espée;
Et s'il n'y restoit satisfait,
Que sa valeur seroit trompée
Dans le recit que i'aurois faict.

Ou l'autre vous diroit encor
Que mon discours n'estoit pas d'Or,
Combien qu'il le voulut paroistre:
Et que mon esprit indigent
Monstroit assés ne point connoistre
Le prix de l'Or, ny de l'Argent.

D

Et si mesme i'y rassemblois
Tous les Priuileges des Loix,
Sans voir reüßir mon seruice:
La Robbe me reprocheroit
D'auoir commis vn iniustice,
En y laissant perdre son droict.

Ou bien tous trois, pour me rauir
La gloire de vous plus seruir,
Et d'entreprendre leur deffence,
Aprés que i'en serois sorty
Diroient pour venger mon offence,
Que i'aurois trahi leur party.

Bref, de quel bien que vostre humeur
Flate le trauail du Rimeur,
Loüant ses escrits & sa veine,
Mes Muses s'imaginent fort
Qu'elles n'auroient pas moins de peine
Que vous, en ce rare discord.

Le rang que chacun difputoit
Prés de l'obiet qui l'enchantoit,
Et leur entrée & leur fortie,
Où tous vos fens reftoient perclus,
Me font differer la partie,
Craignant d'y fouffrir beaucoup plus.

Apres tout, quelque iugement
Que ie face de leur tourment,
Et de leur peines glorieufes;
Melinde, ie tiens auiourd'huy
Que le chafte trauail des Mufes
N'eft pas pour les flames d'autruy.

LETTRE
A MELINDE,

Pour les Harangues d'Eugenidor, de
Crefidon, & de Dicafte.

ELINDE,

Puis que vous apellés mes
compliments, & mes excu-
fes la monnoye d'vn mau-
uais payeur, & que defia vous m'aués
iugé coupable de rebellion, fi voftre
commandement ne trouuoit en moy
l'obeyffance que l'on rend mefme aux
volontez Souueraines, ie me fuis en fin
refolu de ceder à cette neceffité, & ne
plus difputer auec vne Maiftreffe fi

abfoluë. Auffi bien quelque honte qui m'ait retenu iufqu'à cet t'heure de faillir deuant vne ame fi parfaicte que la voftre, il faut que ie vous aduouë, MELINDE, que ie commençois depuis quelques iours à me recōnoiftre vn peu trop fcrupuleux, en craignant mal àpropos de trouuer dans l'innocence de vos defirs la matiere d'vn crime: Et me fentois imprudemment porté à vne herefie fort lafche, & qui me faifoit errer de la creance que ie dois auoir de voftre vertu; dont la perfuafion s'eft auiourd'huy renduë fi forte fur mon efprit, que fans mentir, nonobftāt tous les vains reproches que la calomnie me prepare, elle me trouueroit affés difpofé pour commettre à voftre femonce vne faute plus grande que celle cy, quand voftre commandement y en laifferoit la moindre tache. Voftre employ & vô-

tre courtoifie m'obligent trop , pour
fouffrir cette ingratitude, en ce qu'ils ne
veulent pas que ie viue plus long-temps
fans caufe , & fans autre occupation
dans le Barreau , que celle de l'oüye. En
cela , MELINDE , comme i'ay
beaucoup de fujet de vous remercier,
i'aprehende auffi que ces honneftes gens
que vous auez mis fous ma deffence,
n'auroient pas moins de droit de nous
reprocher le peu de fouftien du leur. Et
qu'à la fin du conte, ils n'auront garde
non plus que vous, de recompenfer la
peine que i'auray prife à fi mal plaider
pour eux, que i'auray deftruit leur bon
droit , au lieu de l'appuyer ; & laffé voftre efprit & voftre patience de raifons
inutilles, fi vous ne les appuyez. Car en
vain pour excufer les vices de mon difcours, i'allegueray la briefueté du temps
que vous m'auez prefcrit ; où mes au-

tres occupations de la Robbe, lesquelles sans l'honneur du seruice que ie vous rends, ie diray plus importátes que celle-cy. Ceux qui liront mon trauail, repartiront, que mon ignorance est trop visible pour demeurer à couuert de ces foibles pretextes ; l'ordinaire excuse de ceux qui font de pareilles fautes. Mais puis que ie n'ay iamais voüé ce dessein à leur satisfaction, il me suffira que vous y rencontriez la vostre, & que les marques de mon obeïssance ne vous y soient pas moins apparentes que celles de mes deffauts. I'ay donné à ces trois celebres plaideurs des noms propres à leurs qualitez dans l'Idiome d'vne langue estrangere, & ioint à leur discours la responce qu'il eurent de vous. La Harangue du dernier est en forme d'Arrests, conformement à sa profession, & se peut lire sans les employer. Quelque intention que i'aye d'y parler à leur auantage, ils me permettont de vous protefter fans diffimulation, que ie n'y ay pas de beaucoup tant affecté les moyens de les y obliger, que la gloire d'y paroiftre.

Voftre tres-humble & tres-
obeïffant feruiteur,
CAILLAVET.

HARANGVE

D'EVGENIDOR.

A MELINDE.

Prés auoir reçeu l'hommage que nos armes
    Rendent aux Souuerains;
Chere Dame, faut-il que l'Amour, & vos charmes
    Me les oftent des mains?

Que mon ame aujourd'huy renonce a mon efpée,
    Sans qu'il me foit permis
De voir autre inftrument que ma langue occupée
    Contre mes ennemis?

E

Beauté, qui me forcés de cherir la victoire,
Faictes vous cette loy
Pour obliger la peur, & luy ceder la gloire
Que vous m'oftez a moy?

Iugez que ce deffein, quoy qu'épuré des taches
Qui font vn cœur abjet,
Defroge à ma valeur, pour feruir à des lafches
En ce rare fujet.

Car puis qu'il s'y agit du bien de voftre grace,
Faudroit-il me rauir
L'occafion de vaincre, ou verfer fur la place
Mon fang pour vous feruir?

C'eft par là que Dicaste, ardent à la Iuftice,
Recognoiftroit qu'il faut
Afpirer par l'efpée, & non par vn office,
A vn butin fi haut.

Ce mestier babillard, que les parfaites ames
Ont par tout en mespris,
Doit seruir de deffence aux querelles des femmes,
Non pas à nos esprits.

Ce vain combat de langue, où nostre bien se volle,
Gaste les sens mieux faicts,
Et tout contraire à nous, il n'a rien que parolle
Comme nous des effects.

Mais puis que vostre Loy m'ordöne que ie quitte
Ce qui faict triompher.
Pour voir si mon discours marquera mon merite
Aussi bien que le fer;

Iaçoit que la raison, & non pas le courage
Doiue entrer en debat,
Mesme tout desarmé, i'espere l'auantage,
Et l'honneur du combat.

E ij

Auſſi deſia mon droict y trouue cette gloire
Que mes Predeceſſeurs.
Des titres plus fameux que donne la memoire,
Nous ont fait poſſeſſeurs.

Huict Siecles ont paſſé ſans qu' aucune diſgrace
Ait peu mettre en oubly
Les bonnes actions dont ceux de noſtre race
Ont leur ſang ennobly.

Ce fut pour le loyer des belles entrepriſes,
Et des pays conquis,
Que mon illuſtre Ayeul eut pour çes peines pri-
L'onneur d'eſtre Marquis,   [ſes

Il fut deuant Milan, à Bioque, à Pauie,
D'où trauerſant le mont,
General qu'il eſtoit, enfin perdit la vie
Es guerres du Piedmont.

Noſtre Eſcù partagé, où ce Lion qui paſſe,
    Obtient le premier rang
En tous ſes quatre coins, & en pal, & en face
    Teſmoigne de mon ſang.

C'eſt icy que ie trouue auec force auantage
    Que l'eſprit enuieux.
En m'accuſant de faux, à meſme temps s'engage
    A démentir vos yeux.

Car vos ſens tres-verſez dans le fait de l'Hiſtoire
    Où i s font mes teſmoins.
Par leur propre rapport ſont forcez de me croire,
    Et me ſoupçonner moins.

Les Princes glorieux d'eſtre d'vn ſang illuſtre,
    Aduoüent auiourd'huy
Qu'ils tirent comme moy du ſupport & du luſtre
    Des qualitez d'autruy.

E iij

La bonté des ruiſſeaux ſe iuge par leur ſource,
Et le plus noble effet
Que les Aſtres des Cieux produiſent en leur courſe,
Prouient du plus parfait.

L'ombre & l'obſcurité nous ſont par tout fune-
Comme enfans de la Nuict:　　　　　[bres
Et en cela le Iour ſurpaſſe nos tenebres
Qu'vn Soleil la produit.

Mon Amour le confirme, en ce que ſa naiſſance
Pour m'enorgueillir mieux,
M'oblige à le nommer l'effet de la puiſſance
Qui reluit dans vos yeux.

Beauté, qui m'arrachat au fer & aux alarmes,
M'engage à ce deſtin,
Que vaincu par vos traicts, i'atten d'auoir ſans
La gloire du butin.　　　　　　　　[armes

C'est donc icy, Melinde, où i'employe ma race,
Mes biens, & dignitez,
Où vos rares vertus doiuent trouuer la place
Que vous y meritez.

C'est icy que i'esueille & tire des Chroniques
Par vn pieux deuoir
Le nom de mes Ayeux, & l'eurs faits Heroïques
Pour vous en émouuoir.

Car quand bien ma valeur m'y seroit necessaire,
Et mes propres hauts-faits,
Mon esprit retenu m'oblige de m'en taire
Pour vanter leurs effects.

Cette insigne Vertu qui marque leur courage
Et qui m'honore aussi,
Demande que mon sang emporte l'auantage
Qu'on me conteste icy.

Leur illustre grandeur, l'entretien de l'histoire
Et de vos yeux diuins,
Leurs Blazons immortels, & leur saincte memoire
Combattent pour ces fins.

Que si tout leur éclat m'y doit estre inutille,
Si leur gloire n'a rien,
Qui ne me tienne lieu d'vne chose trop ville
Pour vn si rare bien.

Si le lustre du sang qui souftient les ccuronnes
Et nous donne les Roys,
Si les titres qui font discerner les personnes
Doiuent estre sans poids?

Melinde, i'y consens, accordez vostre grace,
Et prenez pour Espoux,
Celuy qu'il vous plaira de cett' ignoble race
Qui se presente à vous.

Que

Que l'or d'vn Crisidon, vos regards éblouysse
    Et vous soit plus que moy,
Ou qu'vn Dicaste vain, sous ombre de iustice,
    Vous engage à sa Loy.

Que l'vn à prix d'argent, sacrilege & prophane,
    Achete ce succés,
Ou que l'autre Riual vous aye par chicane,
    Et vous gaigne en procés.

Que l'vn vous traite en fonds, ou en bien de
    Faisant l'encherisseur: (boutique
Ou qu'é fin le Palais pour vous mettre en pratique
    En soit le possesseur:

Que vos yeux enchantez par cette couleur noire
    Qu'on reproche à l'enfer,
Souffrent que vostre cœur prefere l'escritoire
    A la gloire du fer.

                               F

❊

Cela se pourra-t'il qu'au mespris de vos char-
    Et de vos saints appas,   (mes
Quãd mesme il se pourroit sans offenser les Armes
    Et l'honneur des combats?

❊

  Est-ce pourtant d'attraicts vn traitement hon-
    Que d'acquerir par l'Or,   (neste,
Ou par le Chapperon l'honorable conqueste
    D'vn noble Eugenidor?

❊

La Finance d'vn Roy pour vous est trop petite,
    Et celuy qui voudroit
Vous auoir par les loix, ou par son seul merite,
    Auroit manque de droit.

❊

Vne chose si rare est par dessus l'estime;
    Et quand tout leur dequoy,
Se trouueroit pour vous vn present legitime,
    Ils en ont moins que moy.

Mes Places & Chasteaux ont leur terre en Iu-
 Et mon peuple sujet,   (stice,
Esprouue que sous moy le crime à son suplice,
 Et le bien son obiet.

Iamais l'oisiueté n'y donne place au vice;
 Car nos esprits contents
Yrencontrent tousiours dequoy par l'exercice
 Pouuoir tromper le temps.

Mille courses de bague, où l'honneur qui nous
 Engage nos esprits,   (blesse
Aux yeux de quelque Dame, eschauffent la No-
 A disputer le prix.   (blesse

La dance & les Balets y font leur assemblée
 Au temps qui les produit,
Sans craindre que leur ioye y puisse estre troublée
 Par les coureurs de nuict.

          F ij

La chaſſe de l'Oiſeau, le plaiſir du manege,
    Les ſecrets de la Cour
Et l'abord des Amis, eſt ce qui nous allege
    Dans le feu de l'Amour.

Melinde, ſi mon ſang n'a rien qui vous enflame
    Et vous touche le cœur,
Qu'au moins tous ces attraits obtiennẽt ſur voſtre
    Que i'en ſois le vainqueur.   (ame

Que le digne ſeiour d'vne chaſte Diane,
    Aprés tant de raiſons,
Vous oblige à quitter, & Finance & Chicane
    Pour regir mes Maiſons.

Ceſt là que vos douceurs, où mon ame eſt rauie,
    Borneront mes deſirs:
I'y ſeray tout à vous, vous y ſereꝫ ma vie,
    Ma gloire & mes plaiſirs.

Vous y verrez, sous vous vn peuple tres-fidelle
A vos pieds abatu,
Adorant dans les traits d'vne grace immortelle
Vostre rare vertu.

Et moy resté vainqueur de ceux que i'ay en teste
Au bruit de mes sonnets,
Trouueray qu'vne espée à faire vne conqueste
Vaut plus que cent Bonnets.

HARANGVE
DE CRISIDON
A MELINDE.

Adame, ce n'est pas cet ignoble courage
Duquel Eugenidor auecque tant d'outrage
    Déshonore mon sang,
Qui par vn vain deffy de me pouuoir deffendre
Aux attaques de deux, force ma voix de prendre
    Icy le second rang.

Non, Belle, ce n'est pas cette bassesse infame
Dont l'Enuieux à tort fait reproche à mon ame,
    Qui desarme ma main:
Il faudroit moins sentir l'ardeur que vostre grace
Répend dans mon esprit pour me trouuer de glace
    En vn si haut dessain.

C'est plustost mon Amour, & vos rares merueil-
Qui pour faire goûter mon droit à vos oreilles [les
    M'obligent de parler,
Et sans vouloir d'appuy que de vostre ame chaste,
Me font anticiper le repart de Dicaste,
    Pour le mieux raualer.

Cett' action vaincra d'autant mieux l'infamie
Reprochée à mon sang par la bouche ennemie,
    Et mon Riual battu
Sçaura que le deffaut, dont en vain il s'efforce
De me rendre odieux, à plus d'heur & de force
    Que toute sa vertu.

Aussi depuis le iour que vostre Amour m'esclaire
ne mon plus grand desir est celuy de vous plaire,
    Et que mon cœur rauy
N'a point hors de Melinde autre obiet que ie sçache
ouuoit-il encourir le reproche d'un lâche,
    Vous estant asseruy?

Le metal dans le feu, sous l'effort qu'il endure,
Trouue qu'en le souffrant sa masse vient plus pure.
　　Le Jour le moins vermeil,
Au sortir de la Nuict se reuest de lumiere,
Et perd le foible esclat de sa beauté premiere
　　Dans celuy du Soleil.

Et mes sens embrazés de ceste clarté viue
Qui brusle par vos yeux l'esprit qui s'y captiue:
　　Supportant ces ardeurs,
Depuis deux ans passez, que ie n'ay d'autre Dame
Puis que le Ciel n'a rien de pareil à ma flame,
　　Ne seront-ils pas purs?

Car pour l'extraction, dont on fait ma disgrace,
Quand elle obscurciroit tous les chefs de ma race,
　　La honte en est pour eux;
Leur saison à passé, & la mienne succede,
M'aprenant que par nous nostre bien se possede,
　　Et non par nos Ayeux.

　　　　　　　　　　　L'auantage

L'auantage plus pur qu'on tire d'un Anceſtre,
Eſt que par ſon treſpas le fils eſt rendu Maiſtre
    Du fonds qu'il poſſedoit,
En vertu de la Loy qu'impoſe la Nature
Delaiſſer pour ſouſtien à la race future
    Le dequoy qu'on luy doit.

Que ſi le ſouuenir des Ayeux venerables
Rauiue en voſtre eſprit leur actes memorables,
    C'eſt vn tres-grand meſfait
Que ſe rendre volleur du bien de leur memoire,
Et traiſtre à ſes Auteurs, s'aproprier la gloire
    Des choſes qu'ils ont fait.

Le prix de chaque objet eſt par ſoy legitime,
Il faut par ce qu'il eſt, meſurer ſon eſtime
    Sans ſortir hors de luy:
L'hōneur de nos Majeurs ſe borne dans ſoy meſme,
Et le prendre pour nous, eſt vne iniure extreme
    Qu'on fait au bien d'autruy.

G

Tout ce bien de naiſſance où la vanité fonde
Vn prix iniurieux à la plus part du monde,
Comme font mes Riuaux,
Et cette parenté, dont on me fait la guerre,
Sont, pour en bien parler, des qualitez de terre
Qu'ont meſme les Cheuaux.

Ce Sang n'eſt qu'vn abus, ſi ce n'eſt qu'õ l'eſtime
Par ce diuin rayon dont noſtre eſprit l'anime
A quelque haut deſſein:
Son ſeul temperament dans les vaines d'vn ruſtre
Se peut trouuer meilleur que dans vn corps illuſtre
Deffaillant & mal ſain.

S'il eſtoit de luy meſme aux hommes venerable,
L'honneur d'auec le ſang ſeroit inſeparable;
Et l'on ne verroit pas
Des combats ſans ſuccés, ny ſans gloire les ames
Des Seigneurs criminels, & deuenus infames
Par vn ſale treſpas.

❧

Ceux qu'un semblable orgueil jadis preßa de dire
Que Justin leur Anceſtre, en aquerant l'Empire,
  Les en fit aprocher,
Ils deuoient paſſer outre, & voir que ſa couronne
Ne luy fit pas quitter le ſang, ny la perſonne
  Qu'il auoit eu Porcher.

❧

Ces reuolutions icy bas ordinaires
Monſtrent que ces hōneurs ne ſont qu'imaginaires,
  Et pour nous peu de cas;
Qu'en vain noſtre ſuperbe y fonde ſa loüange
Puis qu'un ſoudain reuers les augmēte ou les chāge,
  Et ne nous change pas.

❧

Tel ſe voit à preſent guide d'vne charruë:
Marchant neceßiteux, ou vendeur de moruë,
  Sorti d'illuſtre ſang,
Et par quelque mal'heur, procés, guerre, ou dizette,
En moins d'vn Siecle entier reduit à la charrette
  Et priué de ſon rang.

G ij

Et si ses descendans releuez de la boüe,
Par leur seule vertu ont fait tourner la roüe,
         Pour fleurir auiourd'huy,
Faudra-t'il qu'ils soient pris sur la simple apparēce
Pour vilains inconnus, punis de l'ignorance,
         Et du peché d'autruy?

La Mer soit que le vent la pousse iusqu'aux nües,
Ou soit qu'il l'aplanisse en des vagues menuës
         N'acquiert rien de nouueau;
Et ses flots en touchant les Astres de leur cyme
Qu tombant par apres iusqu' au fonds de l'abisme,
         Sont tousiours la mesme eau.

Et quoy qu'Eugenidor cherche dans mes tenebres
Dequoy vous faire voir ses titres plus celebres,
         Et me confondre mieux:
Qu'il sçache que le iour est plus pur en sa source,
Et que les saines eaux s'alterent dans leur course
         Sorties des bons lieux.

Si ma propre valeur qui souftient ma fortune
Luy semble maintenant vne gloire importune,
    Et vn trop foible appas,
Pourquoy donc faudra-t'il qu'a l'auenir ma race
Trouue dans mon bon-heur le suiet d'vne grace
    Que ie n'y trouue pas?

Et si ce grand Ayeul qu'il marque par l'Histoire
Auoit mis le premier sa maison dans la gloire,
    Est par là combatu?
Quel auantage aura le lieu de sa naissance
Qu'vn de ses Ascendans releua par puissance,
    Comme moy par vertu?

Melinde, croyez moy, que ce qu'il me reproche
Me sert à plus d'hôneur que moins il m'en aproche,
    Et que tant d'Or acquis,
De Rentes, & de Noms ont bien assez de lustre
Pour rendre ma famille autant, ou plus illustre
    Que celle d'vn Marquis.

G iij

La victoire suit l'Or aux perils de la guerre,
Et marche en sa faueur iusqu'au bout de la terre,
N'ayant d'autre souftien;
La Nature craignant la ruyne des murailles
Ne le tient-elle pas serré dans ses entrailles,
Comme son plus grand bien?

Les Couronnes des Roys, des hommes adorées,
En signe de grandeur sont elles pas dorées?
Les Cieux quoy qu'azeurez,
Pour mieux se faire voir à l'humaine foiblesse
Portent dessus le front en marques de noblesse
Des rayons tous dorez.

Dans vn rien ce Metal peut susciter des villes,
Faire d'vn grand Desert, des Campagnes fertilles,
D'vn Abisme des Monts;   (ge,
C'est luy qui nous induit aux risques du Naufra-
Et qui rend si fameux le Pactole & le Tage
Par leurs riches Sablons.

❧

Quand le Ciel eut parfait le chef de son ouurage,
Et mis en l'ornement de vostre beau visage
　　Son plus riche thresor,
Si sa main eut trouué de chose plus parfaite
Sans doute il en auroit couronné vostre teste
　　Au lieu de rayons d'or.

❧

Sans vn rameau doré, auecque ses victimes
Enée n'eust iamais penetré les abismes.
　　Et le plus grand des Dieux,
Quoy qu'il eut en ses mains le pouuoir d'vn Alcide
N'eut forcé les verroux de la Tour Danaide
　　Sans l'Or qui pleut des Cieux.

❧

C'est par son seul appuy que le mortel prospere,
Maistrise le Destin, & charme la misere,
　　Et qu'il en vient à bout,
C'est à luy que l'on doit le debris des murailles,
Le sac de l'ennemy, le succés des batailles:
　　Car c'est luy qui fait tout.

❧

Eugenidor luy mesme espreuue cette force,
Dans l'Or de vostre dot rencontrant plus d'amorce
Que dans vos cheueux blonds.
En effet sa grandeur, ses discours, & ses offres
Ne tendent auioud'huy qu'a reparer ses coffres
Et dégager son fonds.

❧

Priuez de ce support qui fait mourir l'Enuie,
Nous n'auons que chagrin tout le temps de la vie,
Et ces beaux passetemps,
Qui sont encore mieux dans l'enceinte des villes
Nous y restent sans l'Or des obiets inutilles
A nous rendre contents.

❧

Que si i'obtiens par luy de vostre flame chaste
Qu'au cas que ce Guerrier surmonte icy Dicaste,
Ce soit à mon profit.
Comme vn autre Paris qu'vn mesme feu captiue
Ie promets d'honorer la plus belle qui viue
Du present qu'il luy fit.

Vos

Vos habits, vos ioyaux, voftre Cour, mes feruices
Se regleront par tout à vos feules delices.
    Ainfi Eugenidor
Voyant dans ce combat fa gloire diſſipée,
Trouuera par raiſon que le fer de l'Eſpée
    Est au deſſous de l'Or.

H

HARANGVE
DE DICASTE.
A MELINDE.

Utré des efforts insolents
Et des temeraires eslans,
De l'orgueil & de la malice
Ennemis de l'honneur d'autruy:
Ayant la raison pour appuy
Et l'authorité de l'Office,
Belle, i'entreprens aujourd'huy,
La deffense de la Iustice;
Et la mesme action qu'vn aueugle pouuoir
A fait par vanité, ie la fay par deuoir.

Mon propre droit qui m'intereſſe
Dans l'infamie qui l'oppreſſe,
Et qui noircit ma qualité
De quelque raiſon qu'il m'arrette
Rendroit mon excuſe indiſcrette
Si ſous ombre d'humilité,
Ma-bouche ſe trouuoit muette,
Pour le ſouſtien de l'Equité.
Vn ſilence imprudent aux coups de la malice
Demeurant ſans repart, en deuient le complice

Si c'eſt me raualer bien bas
Pour les ennemis que ie bats,
Que de quitter l'eſtat de Iuge
Pour faire cheʒ vous le Plaideur,
Ie tiens pourtant à beaucoup d'heur
De vous auoir pour mon refuge,
Et voſtre eſprit plein de candeur
Pour la Deité qui me iuge.
Pourray-ie dõc faillir de gaigner cõtre tous [vous.
Puis qu'en parlãt pour moy, vous prononceʒ pour

Suiuant ce succés veritable
Ie tiens mon gain indubitable:
Car quand ma voix n'y confondroit
La calomnie qui m'offence,
Puis qu'auiourd'huy vostre prudence
Fera ma charge en nostre endroit,
Ie ne puis manquer de deffence
Si vous parlez pour vostre droit.
La plus grande iniustice où l'ame s'abandonne,
Melinde, se commet en sa propre personne.

En cet espoir auantageux,
Et qui me rend tres-courageux,
Ce seul desplaisir me consomme,
Qu'il faille qu'à vostre mespris
On vente par l'heur de Cypris,
La gloire que trouua sa pomme,
Et que l'honneur de tous les prix
Ne soit icy que pour vn homme:
Mais vous donnant à moy qui m'auez par destin,
Madame, vous serez vostre propre butin.

C'eſt auſſi de ce iugement
Que i'eſpere l'allegement,
Qui doit terminer mes detreſſes:
Et quelque choſe qu'on ait dit
Du chois où Paris ſe perdit
Aueuglé de fauſſes promeſſes,
Le voſtre aura plus de credit
Que ſon Arret des trois Déeſſes.
Vn homme y decida le droit de leurs Autels,
Vne Déeſſe icy iugera trois mortels.

Combien que ces cœurs temeraires
Chargez de biens imaginaires
Se ſoient auancez les premiers,
A vous remonſtrer par leurs races,
Que pour perdre vos bonnes graces
Ils ne ſont pas des roturiers,
Ils verront pourtant que leurs traces
Cedent aux marques des derniers.
Les aſtres de la Nuict, bien que pluſieurs en nõbre
A l'abord d'vn Soleil ſe perdent auec l'ombre.

Ce n'est pas estre mieux fondé,
A iouïr du bien demandé,
Que d'en commencer la querelle,
Par là plustost mes ennemis
Se font imprudemment sousmis.
Au droit de ma charge immortelle,
Où les Harangueurs font admis
Pour receuoir leur Arret d'elle.
Mais vos rares vertus font que ce iugement
N'est ores attendu que de vous seulement.

Si nous tirons de l'auantage
Du sang qui nous donne en partage
Le Nom & les Armes d'autruy;
Quoy qu'vn riual ait par enuie
Mesdit des miens, & de ma vie,
I'y trouue plus d'honneur que luy,
Puis que leur grandeur est suiuie
De ceux qui restent auiourd'huy.
En cela ma loüange est d'autant moins petite
Qu'elle se peut fonder sur mon propre merite

Nos veſtements pour eſtre noirs
N'ont rien des funeſtes manoirs
Que pour les ames criminelles.
L'Eſprit de la Diuinité,
Se couure ainſi d'obſcurité
Pour traiter auec les fidelles,
Sous cette ſombre qualité
Verſant des lumieres plus belles.
De meſme qu'il nous luit dans le Ciel ſeulement:
Noſtre Pourpre à ſon lieu, ſes rays, ſon Firmamēt.

De quelque babil que les armes
Faſſent reproche à nos vacarmes;
C'eſt dans le Temple de Themis
Que ſe font les plus grands miracles,
Où malgré tous ſes vains obſtacles
Les Immortels nous ont permis
De faire parler leurs oracles
Pour conuaincre leur ennemis.
Là comme voix du Ciel, nos bouches équitables
Portent en prononceant des coups ineuitables.

Et l'Espée d'Eugenidor
Et Cristdon auec son Or
Sont sujets à nous rendre conte:
Et le Seigneur, & le vassal,
Quoy que d'vn suplice inégal,
Si l'vn où l'austre se mesconte,
S'y voyent chastiez du mal,
Et noircis d'opprobre, & de honte.
Pour ces testes qui vôt plus haut qu'il ne faut pas,
Nostre charge à dequoy les raualer bien bas,

Sous quel pretexte legitime
Pretend-il donc mettre en estime
Quelque simple droit de prison
Qu'il possede dans son domaine?
Ou par quelle preuue certaine
Persuader que la raison
Veut que nostre Cour souueraine
En souffre la comparaison.
C'est, aueugle égaler vn Atome à Diane,
Vn Ruisseau deffaillant à la Mer Oceane.

Auiourd'huy

Auiourd'huy que nul dès mortels
N'a des Temples, ny des Autels
Que pour noſtre ſeule Deeſſe;
Que leurs projets demeurent vains
S'ils ne ſont conduits par ſes mains,
Et que l'eſclat de la Nobleſſe
Suit le ſort des autres humains:
Eſpere t'on qu'elle s'abaiſſe?
Et qu'vn foible rayon éclos de ſa grandeur
Rencõtre au prés de vous plus de fortune & d'heur.

En ce lieu que la violence
A fait retirer la Balance
A l'abry de voſtre vertu:
Que pour auoir plus de franchiſe
L'Equité s'eſt à vous ſouſmiſe,
Croit-on que ſon droit combatu
Par l'enuie qui la meſpriſe
S'y puiſſe trouuer abbatu?
Et la choſe du monde aux hommes plus vtile
Sans force, & ſans ſupport au lieu de ſon Azile?

I.

Puis que vos Ayeux ont acquis
Dans l'aliance des Marquis
Leur grandeur par l'appuy des Lettres,
Et que le plus precieux fruit
Que leur trauail vous ait produit
Se conserue par nos Regettres:
Attendra t'on de voir destruit
Par vous le Nom de vos Ancestres?
Et qu'en vos propres mains ce pouuoir glorieux
Qui releua leur sang, leur soit iniurieux?

Tout l'auantage des richesses
Dont on vous promet des largesses,
Et des ornements asseurez,
Combat icy pour mon seruice;
Car la grandeur de nostre Office
En tous ses Palais azeurez,
Ne souffre point que la Iustice
Suiue que des chemins dorez.
Themis, comme excedant les Deitez plus grandes,
A tout l'Or des mortels, voüé pour ses offrandes

L'Espée pour estre en honneur,
Et posseder quelque bon-heur,
Ne peut suyure que les alarmes;
Sans esperer d'autre butin
Que celuy qu'une triste fin
Propose au sang coulant des armes.
Iugez, Belle, si ce Destin
Auroit pour vous manque de larmes?
Faire mestier du fer, & ne l'employer pas,
Ne se peut qu'auec honte, & mespris des combas.

La Campagne au prix de nos Villes
N'a que des objets inutiles
A pouuoir soulager nos pleurs:
Le chagrin, & l'inquietude
En augmentent la multitude,
Et malgré la beauté des fleurs,
Nous y laissent en solitude
A la mercy de nos douleurs:
Viure parmy les Champs, les Monts & les Bocages,
Est imiter de prés la vie des Sauuages.

I ij

Les belles modes de la Cour,
Les ieux, les dances, & l'Amour,
Cheris d'vne parfaite Dame
Sont dans les Villes fleuriſſans
De leurs attraits plus rauiſſans,
Que s'ils ont rien qui vous enflame,
Ie coniure par là vos ſens
D'agréer l'offre de mon Ame.
Veu que ce grand bon-heur que i'eſpere ſur tous,
Eſt moins de vous auoir, que de me voir à vous.

En m'accordant ce bien extreme,
Melinde, parleʒ pour vous meſme,
Et ce celebre Iugement,
Dicté du Ciel par voſtre organe,
Punira l'vſage prophane
De ceux qui nomment fauſſement,
Babil, iniuſtice, & chicane,
Les oracles du Parlement:
Et l'vn & l'autre race à tort émancipée
Verra l'Or & l'Acier, ſujets à noſtre Eſpée.

IVGEMENT
DE MELINDE

Sur les Harangues de cestrois Amans.

ESprits nobles & tres-parfaits
Ne soyez pas mal satisfaits,
Si ie differe ma response;
Puis qu'en chaque sujet pareil
On doit plustost qu'on ne prononce,
Recueillir les voix du Conseil.

I iij

A MELINDE

Sur le dessein de son Portrait, pendant son absence.

ELINDE,

Si l'artifice de la peinture pouuoit reparer la perte que cette Ville fit lors de vostre éloignement ; vos Portraits y seroient dans peu de iours aussi cõmuns que vostre vertu y est rare : & nostre pensée qui ne peut sans violence se separer de vous, n'auroit plus l'auantage qu'elle a maintenant sur nos yeux, de vous auoir tousiours presente. Quelque cause que l'on attribuë à nos maux ce n'a pas esté leur fournir d'appareil , que nous rauir vn des plus grands biens, & des plus aimables que la terre possede. L'Esprit de tous ceux qui ont l'honneur de connoistre la bonté du vostre , se ressét de cette separation: Et parmy ce regret , la douceur qu'on cherche en vostre souuenir, est vn bien si contraire à nostre repos , que pour nous nuire il compatit auec nos infortunes. Les doux charmes de vostre Portrait , M E-LINDE , nous eussent rendu vostre absence moins facheuse& nos maux plus suportables , si le Ciel eut fait naistre des Ouuriers assez sçauáts pour vn trauail si difficile. A lors cette rude imitation que quelque Enuieux reprochera peut estre à mes vers , eut accordé à l'industrie de l'Art, la gloire d'auoir beaucoup mieux imité que moy les perfectiós du plus bel ouurage de la Nature. De quelque pareil

blame, que ces Cenſeurs reprouuez dif-
fament ce deſſein, mon intention n'eſt
pas pour cela d'établir icy vne diſpute
ſous voſtre Nom pour les deſabuſer.
I'aime mieux leur aduoüer ſans conteſte, que ſi choquer les penſées d'autruy
par contradiction s'appelle les imiter, ils
ont de moy tout ce qu'ils demandent.
Chere-MELINDE, i'obtiendray le
meſme de vous, lors qu'il vous plaira
cōmander à mes Muſes d'accomplir ce
Deſſein de Portrait que ie vous enuoye,
& me croire.

Voſtre tres-humble & tres-
fidelle ſeruiteur,
CAILLAVET.

DESSEIN DV
PORTRAIT DE MELINDE.

ODE.

Eintre, de qui les mains accortes,
Et le pinceau industrieux
Afin de contenter nos yeux,
Font reuiure les choses mortes:
Toy dont les charmes innocens
Ont pouuoir d'abuser nos sens,
Et de supposer à la veuë;
Si tu és pourueu des couleurs
Où l'Ame se trouue deçeuë,
Employe les pour mes douleurs,

K

❦

Depuis que Melinde est absente,
Il n'est de regret sous les Cieux
Qu'esloigné des rays de ses yeux
A tout moment ie ne ressente.
Lors que pressé d'vn sainct deuoir
Ie sors à dessein d'aller voir
Cet objet si plain de merite,
Mes soins s'en retournent confus;
De tous les lieux que ie visite
Souffrant vn sensible refus.

❦

Soit que pour elle ie m'en aille
Dans les Temples des Immortels,
Où que ie suiue leurs Autels,
C'est en vain que ie me trauaille:
Leur abord me deuient fatal,
Ne faisant qu'augmenter mon mal
Où plus i'espere qu'il s'amende,
Aussy i'en d'estourne mes pas,
De peur qu'en vain ie leur demende
Vn bien qu'ils ne possedent pas.

Ce Louure où Melinde ſejourne
Lors qu'on la peut icy rauoir
Se plaint auec moy chaque ſoir
Qu'il ne voit point qu'elle retourne.
Ce beau Promenoir ne nous ſert
Que de l'Image d'vn deſert:
Tout y ſoupire auec mon Ame,
Qui dans l'abſence qui la ſuit,
Ne peut treuuer parmy ſa flame
Que des ombres & de la nuiɛt.

Pour me conſoler és alarmes
Où dans la peſte à tout propos
On vient trauerſer mon repos
De cris, de ſoupirs, & de larmes;
Sçauant Ouurier ne veux tu pas
Me rendre preſens ſes appas
Puis qu'à toy ie me refugie,
Et que cet aɛte ſur humain,
Depend ſans nul art de Magie
De la ſoupleſſe de ta main?

K ij

❧

Ton Pinceau, duquel l'Artifice,
Ne ioüe qu'à nous deçevoir
Fera paroiſtre en ce devoir
Plus d'amitié que de málice.
A l'éclat de tant de beautez,
Mes malheurs feront enchantez,
Et quelque fraude qui m'abuſe
Durant ce triſte eloignement,
Paintre ie beniray ta ruſe
La treuuant propre a mon tourment.

❧

Afin de ſoulager tes veilles
l'employéray mes longues nuicts,
A te raconter mes ennuys,
Ou faire eſtat de tes merueilles,
Et quoy que parle contre toy
Le ſens eloigné de la foy:
Si tu m'accordes cette grace,
Ie te diray du ſang des Dieux,
Quand par tes mains ſans nulle glace
On verra ma Dame en deux lieux.

ODE II.

Ets donc promptement en vsage
Tous les traits les plus rauissans,
Dont on puisse charmer nos sens,
Pour representer ce visage.
Si tu cherches d'objet pareil,
Imite les rays du Soleil
Et la flame qui nous éclaire;
Ou si tu veux reüssir mieux,
Le Ciel ayant moins de quoy plaire
Ne te propose que ses yeux.

As tu commencé ta peinture?
Maistre, ne me differe pas.
N'as tu point tracé quelque apas?
O! Dieu que ton trauail me dure.
Non, i'ay tort d'estre mécontant
D'vn soin si iuste & important;
En vn tel essay de courage
Les Dieux n'en auroient pas assez,
Qui au seul dessein de l'ouurage
Ont mis tous les siecles passez.

K iij

Medite vn peu sa tresse blonde,
Voy comme ses cheueux espars
Baisent son front de toutes parts,
Et bruslent d'amour tout le monde.
Considere tout à loysir,
Comme les vents prennent plaisir
A les mouuoir de leur halaine:
Mais garde bien que leurs ébats,
N'obligent ton cœur à leur peine,
Et ne t'arrestent dans leurs las.

O Dieux ! que mon esprit est lache,
En te decouurant le danger,
Luy mesme s'y laisse engager
Et ne trouue qui l'en arrache.
Helas ! si ces tresses sans prix
A leur abord m'ont desia pris:
Quand ie verray la flame viue
De ce regard par tout vainqueur,
Si iamais ce bon-heur m'arriue
Belle , que deuindra mon cœur?

Beaux cheueux qu'vn Démon folatre
Sous le soufle d'vn petit vent,
Flatte & carresse si souuent,
Sur ce front blanc comme l'Albatre:
Puisque les Dieux, & les humains,
Vous tendent leurs captiues mains
Sans songer mesme à se deffendre,
Quoy que l'on veuille m'objecter,
Auray-ie failly pour me rendre
A qui ie n'ay peu resister?

Encore que vostre puissance
Tienne les plus grands sous sa loy,
Et que sans déshonneur vn Roy
Vous puisse rendre obeyssance:
Combien qu'elle ait gagné les cœurs
Des plus indomptables vainqueurs
Auec vne gloire si grande
Qu'elle fait honte aux Immortels,
Ie ne croy plus que mon offrande
Soit importune à ses Autels.

❧

Les Cieux tiennent la moindre Etoile,
Außy chere que le Soleil.
La Nauire en son appareil
Reçoit du vent de chaque voile.
Un Concert tient de plusieurs voix.
Diuers Arbres ornent vn Bois.
Et quand le desir qui m'anime
Ne treuuera plus de raison,
Melinde pour punir mon crime
Accordez moy vostre prison.

❧

Parmy ces fers & dans ces gehennes
Qu'el Sort qui me vienne assaillir,
Je seray content de faillir
Pour faire plus durer mes painés
Et ceux mesmes qui dans ces vers,
Liront vos vertus de trauers,
Quand ils le pourroient sans malice,
touchés, du bruit de mes accents
Ou quoy qu'ils le passent consents:
Lors qu'ils, apprendront mon supplice
Auront regret d'estre innocens.

Qui

Que mon deſtin aura de gloire,
Eſtant puny de la façon;
Mes larmes ſeront ma rançon,
Et ma ſouffrance ma victoire.
Que ſi contraires a mon bien,
Pour crainte d'vn faux entretien
Que quelque enuieux nous apreſte,
Auiourd'huy vous faites mépris
De retenir voſtre conqueſte:
Cheueux, pourquoy m'auez vous pris?

ODE III.

ET toy, tandis que ie m'amuſe
A diſcourir de mon tourment,
Et que ſans autre allegement
Ie m'entretiens auec ma Muſe:
Peintre, as tu fait de ton pinceau
Les marques d'vn projet ſi beau
Que ſa ſeule Idée m'enflame:
Que ie voye ſi tes crayans,
Suyuant l'exemple de mon Ame
Sont fidelles à ſes rayons?

L

Que ton Art a de l'auantage!
Que ie trouue qu'il t'eſt aiſé
De rendre mon mal appaiſé,
Et de faire vn parfait ouurage?
Puiſque tout y veut prendre part,
Tes delais n'ont plus de repart:
Car ſi l'abſence que i'endure
Te ſert d'excuſe en ce deuoir,
Que me ſeruira ta peinture
Quand i'auray l'honneur de la voir?

Pour t'obliger à ce ſeruice
Tout l'Vniuers offre à tes yeux
Les traits les plus delicieux
Dont la Nature s'embellice.
Ces beaux parterres, & ces prez,
En tant de façons diaprez:
Le tein vermeil des belles Roſes,
L'Oeuillet, la Perle, & le Corail,
Et mille autres pareilles choſes
Sont pour l'objet de ton trauail.

Mais, n'ay-ie pas mauuaiſe grace,
De te renuoyer aux Iardins
Rechercher ſes attrais diuins,
Et le modelle de ſa face?
Ces fictions ſont vn erreur
Que le bon ſens tient en horreur.
Quelque choſe qu'on ſe figure
Sous la beauté de ces couleurs,
Ce ſeroit faire auec iniure
Un Portrait d'vn bouquet de fleurs.

Ce iuſte deſir de luy plaire
Me rend tes traits meſme odieux:
Ie crains qu'ils n'offencent ſes yeux,
Et m'engagent dans leur colere.
Toutes les beautez de ton Art
N'eſtant que de plaſtre & de fard,
Dont Melinde abhorre l'vſage,
Paintre, retire tes couleurs,
De peur qu'en choquant ſon viſage
Tu ne rengreges mes douleurs.

L ij

Chere Dame si la peinture
A dans ses traits plus rauissans,
De quoy pouuoir flatter vos sens,
Aymez les traits de la Nature,
Vos yeux, vostre esprit, vostre sein:
Et pour le but de mon dessein,
De grace accordez à mes veilles
De vous portraire dans mes vers
Affin d'aprendre vos merueilles
A tous les coins de l'Vniuers.

Et si iamais l'Ame chagrine
De ceux que la malice point,
Vous dit que mes vers ne sont point
Pour peindre vne beauté diuine.
Qu'à tort de vanité surpris,
Ie tiens les Paintres en mespris
Choquant leur Art, & la coustume
En vous preparant vn Tableau:
Croyez Melinde, qu'vne Plume
Peut aller plus haut qu'vn Pinceau.

A MELINDE

SVR SON PORTRAIT.

ELINDE,

Encore qu'il n'y ait pas beaucoup de gloire à voir ces qualitez marquées d'vn si mauuais crayon que le mien : plusieurs de vostre sexe, & des mieux persuadees en leur propre merite, n'on pas pour cela resté de se faire de Feste à la veuë du dessein de vostre Portrait ; Et de s'imaginer que leur seule beauté m'en auoit fourny les jdées. Cette seule impression leur a fait croire, qu'el-

les fe pouuoient auffi facilement attribuer les loüanges que ie rendois à Melinde , qu'elles en vfurpoient iniufte-
mentle tiltre.   Il eft vray que fi vos
vertus n'auoient l'auantage d'eftre
auffi rares fur la terre , que ce Nom y
peut eftre commun , encore qu'il foit
celuy d'vn Royaume ; leur fentiment fe
treuueroit plus legitime : Et leur erreur
n'eut pas auiourd'huy precipité les traits
de ma peinture , pour défabufer leur efprit , pluftoft qu'il n'ait vieilly dans les
fauffetez de fa creance.   Combien que
la feule frontiere du Limofin nous ait
produit cette incomparable M E L I N-
D E , que toutes les autres Prouinces
de la terre luy enuient auec beaucoup de raifon , neantmoins ce païs
n'a pas manque de certains foibles Ef-
fays de la Nature , & dans lefquels elle

n'a fait que charbonner groffierement le deffein d'vne creature humaine, qui fans fe cōfiderer que par leur vanité, ont voulu paffer pour ce rare chef d'œuure, qui en vous, poffede l'efprit de tous ceux qui vous ont iamais pratiquée, & toute la gloire de noftre Siecle. Et d'autant que mes efcrits vous qualifient de vos titres de Nobleffe, & d'vne des plus illuftres de France; l'vne à crû de s'y faire place auec l'aune & les poids de fon grand Pere, qu'elle fe perfuade auoir efté vn bafton de Marefchal, ou les Balances d'vne Cour fouueraine. Vne autre y a paru auec pompe fous le bōnet quarré de fon bifayeul, & fe ventoit noble de quatre races, pource qu'il auoit efté Aduocat en Parlemēt, & Magiftrat populaire. D'autres s'y font produites fous le vol de quelque Tiercelet amuté de deux ou trois

chiens de Metairie; fans penfer qu'auec
tout leur orgueil, on ne prendra iamais
leurs Peres pour des Dieux, affin de ne
pas rechercher leur extractiō hors d'eux
mefmes. En cela pour le moins, chere
MELINDE, ce Portrait vous fera
fidelle, qu'il ne veut reprefenter d'autre
que vous; Et que par vn contraire vfa-
ge il va defcouurir voftre beauté à la terre, & leur abus à celles qui fe l'ont pluftoft aproprié, que d'en faire le raport
auec leur vifages, pour fçauoir s'il les
defauoüoit. Ie le dy pourtant fans intention d'offencer leur vertu, mais feule-
ment pour leur faire voir que mon efprit n'a pas affez de complaifance,
ou de lafcheté pour confentir à leur
penfée en vous faifant vne iniuftice. Ie
ne fuis pas fi mal verfé dans les points de
la Religiō, que d'eftimer que fans im-

pieté

pieté, on puisse faire d'vne seule offrande diuers sacrifices. Ie serois assez satisfait que la mienne fust digne de vous, &
que ce Portrait eust d'aussi n'aïfues couleurs pour vos perfections, que i'espere qu'elles serót durables. Pour la Melinde, ~~moins~~ ie retire cet auantage des deffauts de mon trauail, que par là i'auray
d'autant mieux reüssi dans l'artifice de
la peinture, qu'elle se sert des ombrages
pour dóner plus de iour àla beauté qu'elle nous figure : & qu'aussi ie ne pretens
pas faire accroire à ceux qui le verront,
que i'aye mis la derniere main a cet ouurage. Vos perfections ne font pas si
estroictement limitées non plus que mes
deuoirs, qui ne se proposent que l'eternité pour vous honorer, & y paroistre.

Vostre tres - humble
& tres-fidelle. &c.
M

PORTRAIT
DE MELINDE.

ODE I.

 Elle Melinde, incomparable
Chef-d'œuure de la main des Cieux:
Objet le plus cher à nos yeux
Et aux Cœurs le plus adorable:
Puis qu'en faueur de mes crayons
On doit icy voir les rayons
Que nous respend vostre visage:
Auant que le produire au iour
Souffrez moy d'en banir la rage
De ces petits muguets de Cour.

Noirs Loupgaroux, maigres Chouëtes,
Spectres de l'ombre & du sommeil,
Ennemis des rays du Soleil
Ne portez pas icy vos testes,
Vostre regard trop hebeté
N'est pas digne de la clarté
Que versent les yeux de ma Dame,
Si vous n'en goustez les appas
Le manquement est dans vostre ame,
Aueugles, ne l'en blasmez pas.

Esprits de boüe & de poußiere,
Pour bouffonner de mon deuoir
En vain vous direz ne point voir
Icy paroistre de lumiere,
De visage, ny de cheueux
Tels que dans l'objet de mes vœux,
Ou dans sa terrestre peinture;
Mes traits qui s'eleuent plus haut
Forment à l'Esprit leur figure,
Duquel vous auez grand deffaut.

M ij

Vrais Chats-huans, race maudite,
Qui d'vn stupide aueuglement
Reprouuez indiscrettement
Tous les ouurages de merite,
Cessés auec vos discours vains
De chercher sa face, ou ses mains
Colorées dans cet ouurage:
Vos sens ny sont pas assez forts,
L'Ame seule y voit leur Image,
Brutaux, retirez-en vos corps.

Les traits dont ie la vay dépeindre
Dans le pourfil de cet escrit,
Sont de l'essence de l'esprit
Où les yeux ne peuuent atteindre:
Et par ce deuoir glorieux
On pourra iuger d'autant mieux
Que la beauté de cette Dame
Aproche des Dieux tous puissans,
Dont l'estre passe iusqu'à l'ame,
Sans se descouurir par nos sens

Quelque eſtime que la memoire
Prodigue aux plus Sçauantes mains
Des Peintres Grecs, ou des Romains
Ce trauail aura plus de gloire:
Quand Melinde dans mes eſcris
Auroit moins d'eſclat que Cypris
Ou le faux iour caché du voile,
Ces ouuriers pour eſtre vainqueurs
N'ont trauaillé que ſur la toile,
Icy ie portrais ſur les cœurs.

Si voſtre eſprit n'eſt inſenſible
A l'amour où ie me ſouſmets,
Diſcrets Lecteurs, ie vous promets
De vous la rendre icy viſible,
Car en effect ſi ſous la chair
Vous n'auez vn cœur de rocher,
Ou les ſentiments d'vn Sauuage,
Melinde a des attraits ſi doux,
Qu'aprés auoir leu mon ouurage
Vous la verrez peinte dans vous.

PORTRAIT
Pour les Yeux de Melinde,
ODE. II.

Eaux yeux, dont la douce influance
Malgré la voix des enuieux,
Pourroit trouuer parmy les Cieux
Quelque crayon de sa puiſſance;
Si pour vous peindre dignement
Ie ne prens rien du Firmament,
C'eſt pour voſtre bonneur que ie reſte,
Non pour l'accent de ces hiboux,
Croyant que la flame celeſte
Se doit pluſtoſt loüer par vous.

❦

Que ſi l'Aſtre qui nous eſclaire
De ce beau iour que nous voyons
Monſtre dans ſes plus purs rayons
De beauté capable de plaire:
C'eſt d'autant que ſes rays eſparts
Imitent ceux de vos regards,
Et la qualité de vos flames
Auec leur deffaillans efforts;
Beaux yeux, vous embraſez nos ames,
Le Soleil ne luit qu'à nos corps.

Quelque loüange que l'on donne
A cet aspect serain & doux
Que les planetes ont. Pour nous,
C'est vostre honneur qu'elle resonne,
Leur feu ne nous sçauroit priuer
Des rudes frimas de l'Hyuer,
La froideur'y treuue sa place,
Et depuis que ie vous ay veus
Mes sens mescognoissent la glace,
Beaux yeux, vous n'auez que des feux.

Vos mouuements promts & faciles
Qui marquent nos bonnes saisons
Souffriroient ces comparaisons
Si les Cieux estoient plus mobiles,
Leur forme y est, & la couleur
En vous ressemble fort la leur
Dans cette seule differance
Que s'ils luysent aux corps presents,
Ie descouure par ma souffrance
Que vous embrazés les absents.

En vain l'ignorance rauie
Admirant leur rares effects
Iuge les cieux d'autant parfaits
Que les Plantes en ont la vie:
Vos regards ne leur cedent pas
En donnant mesme le trespas;
Ces belles Plantes qu'ils font naistre
N'endurent rien contre leur fort,
Et par vous l'Ame cesse d'estre
Immortelle, souffrant la mort.

Ma raison ne se peut resoudre
A ces vulgaires sentimens
Qui nous peignent vos rays charmans
Par les éclairs, ou par la foudre:
Leur naissance finit leur cours:
Et vos efforts durent tousiours:
Et lors mesme qu'ils font la guerre,
Si leurs bruslans esclats sont tels
Qu'ils ne rauagent que la terre:
Vos feux touchent les Immortels.

Pour

Pour les mesmes.

ODE III.

CEssez desormais de me nuire,
Que pour l'honneur que ie vous rends
Ie vous esprouue moins ardants
En la faueur de me reluire.
Ie vous coniure, chers regards,
Par le bien que ie vous départs,
De moderer vn peu vos flames.
Si vous me donnez le trespas,
De quoy punirez vous les ames
Qui médiront de vos appas?

Puis que vostre clarté diuine
Auec son aspect gracieux
Surpasse la beauté des Cieux,
Tesmoignez moy vostre origine.
Les Dieux adorez des mortels
Ne bruslent iamais leurs Autels
Contents de nostre seruitude:
Beaux yeux, apaisez donc vos feux
Pour éuiter l'ingratitude
Que vous reprocheroient mes vœux.

N

❦

Mais non, que vostre esclat s'alume
Qu'il se produise en sa vigueur
C'est mal sacrifier un cœur
Si on ne veut qu'il se consume.
Ces œillades, ces coups puissans,
Qui font tant de bresche en nos sens,
Quelque fin que i'y doiue craindre
En les souffrant de toutes parts
Sont les marques dont ie veux peindre
La puissance de vos regards.

❦

Méprisant la sotte malice
De ceux qui d'vn caprice vain
Murmureront que mon dessein
N'est que de tracer mon supplice:
Ie reparts que ce sont les traits
Dont vos regards se sont portraits
Par eux mesme dans mon courage,
Et que publier mes douleurs
Est tirer vostre viue image,
Et là peindre de vos couleurs.

Si pour descrire vos lumieres,
Et leur accorder plus de iour,
Ie m'imaginois que l'amour
Eust vn Throsne dans vos paupieres,
Que vos sourcis sur deux rampars
Feussent des Croissans, ou des Arcs,
Cette lourde melancholie
Reprocheroit aux complaisans
L'aueuglement & la folie
Qu'auront icy les médisans.

Mais traçant vos feux par mes peines
Comme par leur propres crayons,
En vertu desquels nous voyons
Que vos forces sont souueraines;
Quel esprit chagrin & mal sain
Voudra mordre sur mon dessein,
Et par quelle raison contraire
Prouuer qu'on est iniurieux
Au Firmament de le portraire
Par ce qui le fait radieux.

N ij

La Nature à voftre naiffance
Faifant l'amas dans vos regards
De tous fes miracles efpars
Pour vn chef-d'œuure de puiffance,
Confiderant que le Soleil
Ne faifoit voir rien de pareil,
N'y tout l'Vniuers de fi rare,
Affin qu'on n'ait pas befoin d'eux
Lors qu'il faut que l'on vous compare
A voulu que vous fuffiez deux.

Pour les Cheueux de Melinde.

O D E   IV.

C'à, beaux Cheueux, que ie m'engage
Apres ce trauail g'orieux
Où les fçauans Moteurs des Cieux,
Seroient en deffaut de langage,
Ie m'y figure beaucoup d'heur
Sans redouter que fa grandeur
Y foit à mes defirs fatale:
Si cet humble deuoir vous plait,
Chere Melinde, en ce Dedale
Sçauroy-ie manquer de filet?

Le succés du vaillant Thesée
Qui dans ses sentiers inconnus
Où mille feurent retenus,
Se fit une sortie aisée,
Sera sans prix & sans honneur
Si vous conduisez mon bon-heur:
Il n'eut pour guide qu'Ariane
Et ses conseils mal asseurez;
Et i'auray plus qu'une Diane
Auec mille filets dorez.

Mais, las! en vain ie me propose
De voir de mesme reüssir
La conduitte de mon desir
Dans le peril où ie m'expose,
Icy Thesée de retour
De ce redoutable détour
Verroit qu'auec moins d'auantage
Que s'il s'en pouuoit départir,
Le cœur dans vos filets s'engage
Sans esperance d'en sortir.

Aussi quel esprit de barbare
Parmy vos tresses enlassé
Se trouueroit iamais lassé
D'vne captiuité si rare.
Pour la gloire de vos liens
Où sont attachez tous nos biens
Les Dieux de malice incapables
Mesprisans leurs Noms eternels,
Si vous estiez pour les coupables,
S'aduoüeroient tous criminels.

Voyant la couleur & la grace
Dont vous estes si bien doüés,
Qui vous estimera voüés
Au bien de la mortelle race?
Les destins liez dans vos nœus
Ne vous formerent si menus,
Combien qu'à soy mesme nuisibles,
Qu'à dessein d'y voir arrestez
Les Dieux comme vous inuisibles
Sans les rayons que vous iettez.

Le seul projet de cette gloire
Leur fit multiplier vos corps,
Affin de vous rendre assez forts
Pour y retenir la victoire,
Mais estant tous freres germains,
Et tous esgaux & souuerains,
Vn seul de vous en cette guerre
Peut demeurer victorieux.
De l'air, des eaux, & de la terre,
Et captiuer hommes & Dieux.

Pour la bouche de Melinde.

O D E   V.

Elle Bouche, chere merueille,
Si pour payer en cet endroit
e iuste hommage que l'on doit
vostre couleur tres-vermeille,
es Muses en leur compliment
ous saluënt tres-humblement,
e soupçonnez pas leur aproche,
ostre innocence parmy nous
'en aura iamais du reproche,
lles sont chastes comme vous.

Auiourd'huy ces vierges Deeſſes,
Qui loing du trouble des malheurs
S'occupent à cueillir des fleurs
Pour en orner leurs belles treſſes,
Eſtonneés en cet abord,
Ont pris d'vn mutuel accord
Vos leures pour des fleurs écloſes,
Souffrez cet erreur ſans courroux,
Puis qu'auſſi les Lis, & les Roſes
Rendent la meſme odeur que vous.

Chaſtes Muſes, c'eſt ma ſeule Ame
Qui dans l'excés de ſon tourment
Trouue iniuſte ce ſentiment,
Et contraire à ſa propre flame:
La Roſe endure que nos ſens
Flairent ſes parfums rauiſſans,
Qu'on la baiſotte, & qu'on la touche;
Si ces leures ont en horreur
Les careſſes de noſtre bouche,
Doy-ie plus ſouffrir voſtre erreur?

Puis

Puis que la beauté les colore
D'vn feu de pourpre tres - vermeil,
Semblable au leuer du Soleil;
Dites plustost que c'est l'Aurore:
Vous le iugerez beaup mieux
Si dans cet objet radieux
Qui verse vne grace immortelle
Vous auisez qu'en sousriant
Ces levres ont aussi bien qu'elle
Deux tours de perles d'Orient.

Encor mon esprit y resiste,
Et ne peut estre satisfait
Qu'on aplique à vn bien parfait
Une comparaison si triste:
L'Aurore auec ses faux habits
Enrichis d'or & de rubis,
N'à que des lumieres fort lentes,
Et ces levres que ie dépeins
Ont des flames si violentes,
Que mille obstacles y sont vains.

O

Pour mieux iuger de la puissance
Que cette Bouche à sur nos cœurs,
Qui tient les plus nobles vainqueurs
Aux termes de l'obeyssance;
Et dont les discours & la voix,
Ont acquis la vertu des loix,
Sans qui, rien çà bas ne se bouge:
Disons que là le Dieu d'Amour
Fait ses Arrests en robbe rouge,
Comme en sa souueraine Cour.

Pour le Teint, & les ioües de Melinde.

ODE VI.

QVoy que les traicts de la peinture,
Bien
Et pareils ornements de l'Art,
Qui n'esclatent que par le fard,
Jniurieux à la Nature,
Soient tousiours de vous mal reçeus,
Doux objet de mes humbles vœux!
Ne chargez pas ceux-cy d'outrage
Desquels vostre teint est descrit,
Et d'autant mieux dans son image,
Que tous deux viuent par l'esprit.

En vain la coquille, ou le verre,
La Mer, les Rochers, & les Fleurs,
M'y vaudroient fournir de couleurs
Qui ne tiennent que de la terre :
Beau teint, voſtre cuir delicat
Eſt ſi vif, & ſi plein d'eſclat,
Qu'il eſt a nos yeux impoſſible
De diſcerner par leur efforts,
S'il eſt ou quelque eſprit viſible,
Ou bien quelque inuiſible corps.

A voir cette couleur vermeille
Parmy ce blanc que ie cheris,
Vous doiy-ie prendre pour l'Iris,
Ou autre ſemblable merueille?
Son teint riant & gracieux
Eſt comme vous l'amour des Cieux,
Si pur de terre & de pouſſiere,
Qu'on n'y ſçauroit aperçeuoir
Comme ſur vous, que la lumiere
Et les couleurs qu'elle fait voir.

O ij

Belles Ioües si pour depeindre.
Tous les traits qu'on y peut treuuer,
Il m'estoit permis de resver,
Au lieu d'inuenter ou de feindre,
Voyant d'vn regard langoureux
A vos costez deux petits creux,
Où mon esprit rauy s'arrette,
Ie dirois que l'Enfant Amour,
Y ioüeroit à la fossette.
Et mille Graces tour a tour.

Ou bien pressé d'vn ardeur vaine
Qui me semond à tous moments
D'aprendre de mes sentiments
Qu'elle me donne plus de peine,
Ie iugeroy par le combat
Où vostre gloire se desbat,
Qu'affin d'arrester vos querelles,
Et mon esprit trop curieux,
Le Ciel qui vous forma si belles
Mit ce beau donjon entre deux.

Mais apres toutes ces pensées
Que malgré les flames d'amour
Qui leur auroit donné le iour
On eftimeroit mal censées,
Je me crains que fans reçeuoir
Ma paffion, ny mon deuoir
Pour la raifon de mes excufes,
Belles Ioües, que ie defcris,
Vous me paroitriés des mocqueufes,
Ie n'auroy de vous que des ris.

Pour la Mouche de Melinde.

O D E   V I I.

C Omment, pour faire que ma plume
s'acquitez mieux de ce grand faix,
Attendroy-ie qu'un peu de frais
Attiedit l'air qui me confume,
Quelque fi doux allegement
Que doiue efperer mon tourment,
Mes fentiments feroient fort louches,
S'ils l'auoient icy proietté.
C'eft la feule faifon des Mouches
Qui produit les feux de l'Efté.

O iij

Ha ! Mouche , que tu m'importunes.,
Que ton vol m'eſt iniurieux
De ne remonſtrer à mes yeux
Que mes cruelles infortunes.
Pourquoy viens tu mal à propos
Ennemie de mon repos
Jrriter ma douleur mortelle,
Et dans mon excés m'affliger
D'vne ſi funeſte nouuelle
Sans peur de me déſobliger?

Le feu s'alume dans mes veines
Depuis que ie t'ay pour objet
Sans connoiſtre qu'autre ſujet
Que ta veuë augmente mes peines.
Dieux ! ſe peut--il que ſans malheur
L'Eſprit reſſente vne douleur
Si violente qu'eſt la mienne;
Et qu'vn ſi petit animal,
Sans rien toucher qui m'apartienne
Me faſſe ſouffrir tant de mal?

Parmy l'ardeur que ie respire
Où les nuits me valent des iours:
Où mon ame resve tousiours
En la beauté qui me martire; ⁎ 1·
Pour m'auertir de m'apliquer   3·
⁎Tu viens sans raison me picquer. 2·
Aprés l'idée de ta Dame: 4·
Tes trauaux y sont superflus,
On ne s'endort pas dans la flame,
Mouche , ne m'inquiete plus.

Mais las dequoy me vay-ie pleindre!
Sous quel pretexte de raison
Fay-ie reproche à la saison
Où le mal'heur est moins à creindre?
Heureux Esté qui nous produis
La recompense & les doux fruicts
Des peines que nous auons prises:
Sans doute auec ses belles fleurs
Le froid Printemps que tu maistrises
Ne valut iamais tes chaleurs.

❦

Verſe tes clartez plus ardantes,
Fay ſi tu veux tarir les eaux,
Dont les veines & les ruiſſeaux
Rendent nos terres abondantes;
Que dans l'ombrage de tes bois
On n'entende ny bruit ny voix?
Que rien ny volle que la Mouche,
Que ton chaut tuë le Poiſſon,
Aucun de ces maux ne me touche
Si tu m'aportes ma moiſſon.

❦

Et pour toy, Mouche, qui figures
L'aimable ſaiſon que ie veux,
A fin de marquer par mes vœux
Le bien qu'annoncent tes augures:
Ie ſouhaite que ton Soleil
Te ſoit ainſi touſiours vermeil,
Sans que iamais coup de diſgrace
M'interdiſe de le cherir,
Ou nous abandonne à la glace
Qui nous feroit tous deux perir.

Pour

Pour le Sein de Melinde.
ODE IIX.

A Prés les mortelles atteintes
De tant de maux que i'ay soufferts,
Belle depuis que ie vous sers
Rauy des choses que i'ay peintes,
N'est-il pas temps que vostre esprit
Donne vn loyer a cet escrit?
Faut il qu'à cause que mes veilles
Dans la passion qui me point
Treuuent sans borne vos merueilles,
Que mes tourments n'en ayent point?

L'horreur, le vacarme, & l'orage
Que les vents poussent sur la mer
Ne forment rien de si amer
Qu'vn iour n'en finisse la rage.
L'esperance des Matelots
Voyage auec eux sur les flots,
Et par vn changement propice
Ils ne demeurent pas tousiours
Dans les perils du precipice,
Car les tempestes ont leur cours.

P

La Terre en quittant sa verdure,
Ne laisse pas pourtant l'espoir
De nous la faire vn iour reuoir
Sortant des frimas qu'elle endure:
Les champs de râteaux ecorchés,
Ou priués des fruicts arrachés;
Les prés sans honneur & sans grace,
Tristes des biens qu'ils ont perdu,
Sont asseurés qu'aprés la glace
Leur thresor leur sera rendu.

Celuy qu'vne valeur celeste
Porte dans le sang & le fer
A la gloire de triompher
Sur le sujet qu'on luy conteste,
Aprés auoir bien combatu
Iouyt du prix de sa vertu
Voyant ses ennemis a terre:
Et libre de ce pesant faix
Prend des fatiques de la guerre
Le fruit qu'il gouste dans la paix.

Le Voyageur qui dans la plaine,
Rosty des flames du Soleil
Cherche le frais & le sommeil
Pour y recouurer son haleine,
Rencontre à la fin le couuert,
De quelque beau feuillage verd:
Ou bien alteré par la course,
Et fauorisé d'vn coup d'heur,
Dans l'eau de quelque viue source,
Laisse sa soif, & son ardeur.

Ils voyent reüßir leur peine.
Le Nautonnier surgit au port.
Le soldat eschape à la mort.
Et ma souffrance sera vaine?
Amour, aßiste mon dessein
A la veüe de ce beau Sein;
Fay qu'à l'abord des monts de neige
Où m'a conduit l'heureux destin,
Auiourd'huy ma flame s'allege,
Et mes tourmens prennent leur fin.

P ij

PORTRAIT
Pour le mesme.
ODE IX.

Beau Sein, que la Nature anime
Comme l'Occean d'vn reflus!
Sans doute il ne m'importe plus,
Ou que i'aborde, ou que i'abisme.
Si vos deux pointes sont l'escueil
Où se prepare mon cercueil:
Le Ciel afin que ie les touche,
Feust ce par vn sinistre effort,
M'obligera d'estre farouche
Pour me ietter plustost au port.

Si ce n'est que par les blesseures,
Ou par la mort des ennemis,
Qu'il nous est auiourd'huy permis
D'auoir des prosperités seures;
Faisons la guerre aux Enuieux
Et qu'vn succés victorieux
Des mesdisances estouffées
Donne moyen a ma vertu,
De vous appendre les trophées,
De ce noir Monstre combatu.

Puis qu'au milieu des rudes flames
Que le Soleil verse sur nous,
L'abord d'un lieu plaisant & doux,
Delasse nos corps & nos ames:
Beau sein, après tant de chaleur,
D'inquietude, & de douleur
Qui m'ont pressé dans ce voyage,
Pour m'y remettre plus dispos
Et me donner plus de courage,
Accordés moy quelque repos?

C'à belle gorge, que ie boiue
A longs traits & delicieux
Le Nectar qu'on boit dans les Cieux;
Qu'en vous m'on ame le reçoiue:
Qu'enyurée pour un moment
Du plus parfaict contentement
Que goûte une innocente vie,
Elle perde le souuenir
Des peines qui l'ont poursuiuie,
Si ce n'est pour vous en benir.

Que ie porte ma bouche ardante
Dans les ondes de ce beau Sein,
Afin d'y remplir ce deſſein
D'vne veine plus abondante:
Qu'aprés le trauail ſupporté
En meditant voſtre beauté,
Auiourd'uy mon Amour folaſtre
Soûle ſes innocents deſirs
Parmy ces campagnes d'Albaſtre,
Du plus pur de tous les plaiſirs.

Pour le meſme.

O D E. X.

HA! que mes vœux ſont inutiles.
Au lieu d'en venir adoucy,
I'y ſens redoubler mon ſoucy
Par mes attentes infertiles.
Ma propre penſée me nuit,
Et dans le bien qu'elle pourſuit
Se repaiſſant de ſon idée,
Quand elle quite la grandeur
Des beaux objet qui l'ont guidée,
Ne me laiſſe que mon ardeur.

Dieux ! qu'atten-ie de mon suplice?
Amour est icy mon riual.
Ce n'est que pour aigrir mon mal,
Qu'il employe son artifice.
Aprés auoir de cent façons
Tenté mon feu par ses glaçons,
Et reconnu qu'il s'y rengrege:
Sous couleur de me secourir,
Beau Sein! il met dans vostre neige
Des flames qui me font mourir.

Ie ments, c'est par vous qu'il me glace,
Sans pourtant vous estimer peu:
Comme en vous la neige, & le feu,
En moy le froid trouue sa place.
Puis que ma bouche n'attend pas
De sauourer vos doux appas
Où vostre vertu luy resiste:
Qui ne conprend que dans mon cœur
Le feu par la glace m'atriste,
Et renforce plus sa rigueur.

L'vn d'eux ma peine diminuë
Par l'apparence du plaisir :
L'autre rebutant mon desir
Fait que la mesme continuë.
Chacun a son tour m'entretient,
L'vn m'esmeut, l'autre me retient
D'vne cruauté tout' esgale :
Hé ! n'est-ce point parmy mes fers
Souffrir la peine que Tantale
Endure au milieu des Enfers ?

Mais qui sçaura ce que vous estes
Dans ce contraire moûuement,
Ne s'estonnera nullement
Que la Mer donne des tempestes.
Sus donc ? Muses, retirons nous
Voyant ces signes de courroux,
Et tant de marques d'amertume,
Nous n'aurions plus que des sanglots,
La seule blancheur de l'escume
Faict icy la couleur des flots.

Pour

ODE XI.

NOn, poursuiuons, cheres Deesses,
Ce projet nous est glorieux:
Vos courages victorieux
N'y sentiront pas ces detresses.
La rencontre de cette Mer
N'aura rien qui vous soit amer:
En vain le sort vous y menace:
Car ces beaux flots sont tousiours doux,
Et n'apportent que la bonasse
Aux esprits chastes comme vous.

Eloignés plustost vos montagnes,
Quittez vos iardins, & vos bois,
Et que vos musicales voix
Ne remplissent que ces campagnes.
Doctes Muses, ie vous semonds
De n'aimer que ces petits monts:
Et que desormais vos prairies,
Vos ruisseaux, & vostre Apollon,
Et toutes telles resueries
Cedent l'honneur à ce Vallon.

Q

❧

Le Firmament qui nous éclaire
De la blancheur qu'il nous produit
Dans les tenebres de la nuit,
N'a rien si capable de plaire:
Luy mesme rauy de l'eclat
De ce beau blanc si delicat,
Formant cette gorge d'albâtre:
S'il ne s'estimoit glorieux,
De voir l'objet que i'idolâtre,
Auroit-il iamais pris tant d'yeux?

❧

En vain pour retirer hommage
De vos chansons, & de vos vers
Les Cieux luisent à l'Vniuers,
Ils ne font voir que leur dommage;
Ou pour mieux appuyer leur droit
Ils recherchent au mesme endroit,
Où le fleuue de lait regorge
Quelque ornement de leur grandeur
Pareil aux monts de cette gorge,
Car ils n'en ont que la rondeur.

Sus donc? malgré la médifance
Que l'Enuie fufcitera
Es lieux où mon ouurage ira,
Mufes, fans nulle complaifance;
Dictes que l'Uniuers n'a pas
En tous fes plus charmans appas
De traits, ny de pareilles pointes;
Que ce beau Sein rond comm'il eft
Auec fes deux montaignes iointes
Feroit vn Monde tres-parfait.

Pour les Mains de Melinde.

O D E   XII.

Vous qui feruez à la Puiffance
Qui commande fur mon efprit,
Et à qui la Nature aprit
Les termes de l'obeïffance:
Puis que voftre conftant deuoir
M'ayde par tout à faire voir
Madame en fa beauté plus grande,
Et que mes yeux en font tefmoins:
N'eft-il pas iufte que ie rende
Quelque compliment à vos foins?

Q ij

Ores que dans ma seruitude
Aprés tant de fidelité,
Ie ne crains en ma Deïté
De vice que l'ingratitude:
Que ie voudrois vous employer
A luy requerir mon loyer
Si mon trauail a quelque estime,
Auec quel courage inhumain
Pretendroy-ie, sans faire vn crime
Vous refuser vn baise-main?

Vous de qui i'espere la grace
Que ces crayons seront offers
Aux yeux de celle que ie sers,
Et portez souuent à sa face
Pour luy faire voir ces attraits
Des couleurs de mon feu pourtraits,
Ne doy-ie pas, Mains adorables,
Dans les vœus que i'ay meditez,
Pour vous trouuer plus fauorables
Peindre vos rares qualitez?

❦

Si ie vous d'is faictes d'yuoire,
Et vos doigts de mesme arrondis
Que ceux de l'Ouurier de iadis,
Vostre couleur m'ayde à le croire:
Mais voyant pour vous en emoy
Tout l'Uniuers auecque moy,
Penseray-ie que la Nature
Qui vous sert sans rebellion,
En adorant sa Creature
Faille comme Pygmalion?

❦

Seriés vous ces deux Mains puissantes
Dont Amour le Dieu des vainqueurs
Iette ses fleches dans nos cœurs,
Et ses flames plus rauissantes?
Seriés vous celles de Cypris
Dignes aussi du mesme prix?
Ou bien les deux mains dont l'Aurore
Aiuste l'or de ses cheueux?
Non, car vous estes plus encore
Estant à l'objet de mes vœux.

❦

Cette pensée m'encourage,
Et fait qu'auec moins de soucy
Je quite ce Portrait icy
Sans redouter que rien l'outrage.
A l'abry d'vn si grand support
Jl ne sçauroit souffrir de tort,
Quelque malice qui l'offense
Ses murmures y seront vains:
Belle, seroit-il sans deffense,
Puis qu'il demeure entre vos mains?

❦

Arrestez donc, Ames brutales,
Vos sobriquets malicieux,
De peur que vos mots vicieux
Ne rencontrent des mains fatales:
Esprits lasches, & contrefaits
Que vos chagrins mal satisfaits
Des loüanges que ie resonne
N'y demandent pas d'autre aspect,
Car les Portraits que ie façonne
Sont des ouurages de respect.

Et Vous, adorable merueille,
La gloire, & l'honneur de ce lieu,
Image viuante de Dieu,
Qu'on pourroit dire sans pareille:
Quelque rimeur, & sot esprit
Qui vienne gloser cet escrit:
Ou quelque enuieux qui l'attaque:
Viuez dans ces douze maisons
Comme vn Soleil au Zodiaque,
Sans voir de fin à vos saisons.

Fin du premier Liure.

THEOLOGIE.

SECOND LIVRE.

Responſe à vne Lettre de Monſieur de
Caillauet ſieur de Monplaiſir.

STANCES.

I.

Tres-aimable Couſin, i'ay leu ces belles plaintes
D'vn Amour offensé, dãs ta lettre depeintes
Pour ne t'auoir êcrit depuis douze ſaiſons:
Reçoy d'vn bon accueil l'offre de mes excuſes,
Et ſi ie treuue en toy iuſte que tu m'accuſes,
Tu trouuerras encor plus iuſtes mes raiſons.

R

II.

Aprés ce long combat de langue, & de parole,
Qui nous retint deux ans en vne mesme escholle,
Où Aristote fut l'Ame de nos propos:
Si trois en ont calmé la douce violence
Ne fay point ce pays l'Autheur de mon silence
Car les Cieux seulement ont causé mon repos.

III.

En vain tu soupçonnois les dures Destinées
D'auoir interrompu le cours de mes années,
Et dans ce sentiment tu reprochois à tort
L'Arrest de mon trespas d'iniustice ou d'enuie:
Puis que ie iouyssois du principe de vie,
Juge combien i'estois esloigné de la mort.

IV.

Depuis t'auoir quitté mon ame ne sejourne
Qu'és lieux où pour reuiure heureuse elle retourne;
Et où loing du regret de nostre ancien Adieu,
Deux ou trois fois du iour elle se refugie
Dans vn Temple fameux de la Theologie,
Où comme au Paradis, ell'est tousiours en Dieu.

V.

C'est là depuis trois ans que mon cœur solitaire
Meditant tous les iours quelque nouueau miſtere
Reçoit de mon trauail des vertueux profits;
Et pour s'illuminer des clartés plus parfaites
Eſcoute Dieu parlant dans la voix des Prophetes:
Ou charmant l'Vniuers par celle de ſon Fils.

VI.

Fondé ſur ces deux voix, le Doſteur m'y propoſe
Un Eſtre ſimple, & pur, qui dans ſoy ſeul repoſe
Eternel, non reſtreint de Principe, ou de lieu,
Qui ſans nous figurer des Deïtés beſſonnes,
Produit dans l'Unité le Nombre des Perſonnes,
En trois diuers Suppos ne monſtrant qu'vn ſeul
[*Dieu.*

VII.

Ce diſcours reuelé m'a forcé de comprendre
Que dans le Pere ſeul l'entendement engendre,
Et de l'Amour du Fils vient l'Eſprit de bonté:
Sans cela qui croiroit ces ſaillies diuines,
Puis que ces trois Suppos qui font deux origines,
Ne ſont qu'vn Intellect, & qu'vne Volonté.

R ij

IIX.

Pour croire que le Fils de son Pere y procede,
Et d'eux le sainct Esprit, sans qu'aucun se precede:
Que l'on trouue en vn seul toute la Deité:
Trois personnes en Dieu sans que rien le compose,
Que l'vne ne soit l'autre, & soit la mesme chose,
Il falloit leur esprit, ou leur authorité.

IX.

En ce charmant objet ma pensée rauie
A sondé les secrets du grand liure de vie,
Pour qui Iesus-Christ seul a reçeu des clartés:
Là i'ay trouué comment ce Dieu nous predestine
Par l'equitable choix de sa grace diuine,
Sans qu'en rien son Decret chocque nos libertés:

X.

Comment nos actions, qui distinguent ses graces,
Et marquent ses desirs plus, ou moins efficaces
Par le libre concours de nostre volonté:
Son aide generale a tout le monde offerte,
Et le succés preueu concluant nostre perte,
Font voir qu'ell' est à nous, & non à sa bonté.

XI.

En suitte de cela i'ay veu l'estat des Anges,
Que leur troisiesme instant par des reuers êtranges
Abîma dans l'Enfer, ou rendit glorieux,
J'ay medité six mois leur vie, & leur essence,
L'ordre, le mouuement, les clartez, la puissance,
Et quel rare combat les fit victorieux.

XII.

Et quand l'heureuse fin de cett'insigne guerre
M'a permis d'abaisser les yeux iusqu'à la terre,
Pour cela mon transport n'a pas esté borné:
La Majesté des Cieux auec moy descenduë
A rendu mon trauail de plus grande estenduë,
Remonstrant à mes sens qu'vn Dieu s'est Incarné.

XIII.

Pour mieux me descouurir sa grandeur racourcie
On m'a fait resonner l'ancienne Prophetie,
Et les diuers effets qui nous marquoient ce temps:
Mais toute la clarté des plus fameux Oracles,
Les Sybilliques voix, ou le prix des miracles,
N'eussent peû, sans la Foy, les y rendre contents.

XIV.

Außi qui conçeuroit par la raison humaine
Qu'on trouuât dans la chair l'Essence souueraine,
Un Suppos increé dans vn estre mortel:
Qu'vn hôme côme nous feust vn Dieu en persône,
Createur de soy méme, & des corps qu'il nous dône,
La force de nos sens ne conçoit rien de tel?

XV.

Que deux Natures soient en la mesme hypostaze,
Et que celle de l'homme y soit comm'en extaze
Vefue de son Suppos, & maistresse du Ciel:
Sans doute i'aurois eu peine de le comprendre,
Si Bourdeaux en ce temps n'eut trouué pour m'a-
Cett' Incarnation, vn autre Gabriel. (prendre

XVI.

De là i'ay veu couler cet admirable Fleuue
Qui par sept grand canaux toute la terre abreuue
Reiaillissant du corps de ce Dieu reueré,
Ouuert au lauement de la mortelle race
Par ses diuines eaux qui conferent la grace
En vertu seulement de l'ouurage operé.

XVII.

Iuge vn peu, Celidor, si mon ame alterée,
En abordant cet eau tant de fois souspirée,
Et transportant sa soif par tous ces sept canaux,
Où les Anges du Ciel ont souhaité de boire,
A peü trouuer du temps à mettre en ta Memoire,
Et troubler son bon-heur du suiet de ses maux.

XIIX.

Quelque grãd mãquement dovt ores tu m'accuses,
De grace prẽd bien garde au poids de mes excuses :
Et pense que ton cœur restant mal satisfait
Des occupations qui sont toutes diuines,
Pour blâmer vn deffaut qu'en moy tu t'imagines,
Commettroit vn peché plus grand que ie n'ay fait.

XIX.

Que si plus ton aigreur me dure sur la terre,
Sans nul respect de sang ie t'annonce la guerre,
Quittant pour le Mousquet, les liures & l'amour :
A dieu donc cher Cousin, & plus ne me retardes,
D'aller remplir ta place au Regiment des Gardes,
Et suyure dés demain le chemin de la Cour.

OFFRE DE SERVICE
au Roy, lors de son entrée au
Regiment des Gardes.

O D E.

Vittant le repos des escholles,
Et toutes ces disputes molles
D'Aristote, & de sainct Thomas,
Puissant Roy, l'honneur de la terre,
Ie viens au trauail de la guerre
Et sous des estrangers Climâs,
Loin de mes tristes solitudes,
Faisant gloire de reseruer
Et mes veilles & mes estudes
Au seul bien de vous conseruer.

Quelque

Quelque discours que l'on medite
Sur l'exercice que ie quite,
Où l'on ne traite que de Dieu,
Pour venir suiure dans vos Gardes
Les mousquets, & les hallebardes,
Et loger dans vn chetif lieu:
Ce mestier rude où ie me range
Est le plus glorieux de tous;
C'est faire l'office d'vn Ange,
Que de veiller autour de vous.

Cette ambition que m'inspire
Le Dieu qui soustient vostre Empire,
Et m'a creé vostre sujet,
Oblige mon obeïssance
D'entretenir vostre Puissance,
De la gloire de mon projet:
Et me fait croire que sans vice,
Puis que pour vous ie viens souffrir,
Les loix d'vn exacte seruice,
Il m'est permis de vous l'offrir.

S

Que si le lieu qui m'a veu naistre,
Au premier instant de mon Estre
M'a soûmis à vostre pouuoir,
Et fait qu'ores ie ne vous donne
Que du bien de vostre Couronne
En vous protestant mon deuoir;
Iugés, Sire, que c'est l'offrande
Que Dieu nous demande auiourd'huy,
Sans e n auouër de plus grande
Que des choses qui sont à luy.

Dans les guerres que ie vay suyure.
Soit pour mourir ou pour y viure,
Content d'y voir mon dernier iour,
Si sans vouloir que rien m'empesche
De vous marquer dessus la bresche
Mes seruices, ou mon Amour,
I'agis trop peu pour vostre gloire
Que mes coups fairont retentir,
Au moins, comme ie l'oze croire,
Ce ne sera point sans pâtir.

Dépuis que mon ame contemple
Vos vertus comme son exemple,
Et que les fatigues de Mars
Ont passé chés vous en coustume:
Elle a pris en haine la plume
Qui l'esloignoit de vos hazars:
Ou pour mieux se voir occupée
Dans les combats, & hors d'iceux,
L'a voulu ioindre auec l'espée,
Pour vous seruir en tous les deux.

Mais quelque espoir qui m'encourage
A me porter parmy l'orage,
Ma propre bassesse me nuit:
Ie me creins que mon demerite
Rendra ma vertu si petite
Qu'elle n'aura ny bien, ny fruit:
Ee que malgré mon ardeur vaine
Mes trauaux seront si menus,
Et peu visibles, qu'a grand' peine
Ils seront iamais reconnus.

A MONSIEVR
DE SAMAZAN
DE BYRAC,

ELEGIE.

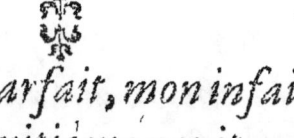

Omme noble & parfait, mon infaillible appuy,
Dont la ferme amitié me rauit auiourd'huy,
Et fait vn des grands biens que mon ame possede:
Puis qu'ē vous mes malheurs ōt treuué leur remede
Craindray-ie le chagrin d'aucun esprit ialoux
Si comme i'en ay eu, ie dy du bien de vous?
Auiourd'huy que le vice est l'air qui se respire,
Que l'infidelité l'a mis dans son empire,
Que le plus confident deuient vn importun
Si dans la loy d'amonr il veut rien de commun:

Et que cent baise-mains fondés sur le merite
Ne seruent qu'à farder l'ame d'vn hypocrite :
Si parmi l'Estranger, la fieure, et les trauaux,
Vostre cœur genereux a pris part à mes maux :
N'auroit on pas raison de treuuer plus estrange
Que ma Muse pour vous demeurât sans loüange !
Veu qu'aussi des long temps en ce iuste desir
Mon Esprit amoureux se pasme de plaisir :
Ayant eu le bonheur des ses basses escoles
De former auec vous mes mœurs, et mes paroles,
Et moins de passion à reuoir nos leçons,
Qu'à vous estudier en diuerses façons ?
Sans entendre ny vers, ny mesure, ny rime,
La mesme intention qui auiourd'huy m'anime
L'a porté mille fois à marquer vn dessein
De l'amour que le ciel me versoit dans le sein.
Mais ses conceptions encor mal digerées
Ont trompé mon ardeur, et s'en sont esgarées
Ses plus puissans efforts, restés trop languissans,
N'ont iamais satisfait au desir de mes sens,
Tant mon stile ignorant des loix de cet estude
Pour vn si doux suiet deslors m'a semblé rude.
Et si mesme auiourd'huy ma loüange n'a pas
Pour accomplir mon vœu d'assés rares appas,

De quelque aueuglement que l'Enuieux m'accuse,
Mon obligation me doit seruir d'excuse,
Iugeant que ie serois encor plus scelerat
Si vostre honesteté me trouuoit vn ingrat.
Aussi ne doit-on pas croire que ie medite
Vn Portrait accomply de tout vostre merite,
Ny d'instruire en ce lieu l'esprit des curieux
Des maisons qu'ennoblit vostre Nom glorieux;
Vous faisant voir issu des Comtes de Narbonne,
Et rempli de l'honneur que leur race vous donne.
Combien Charles le grand estimoit vos Ayeux
Et dans quels beaux desseins il s'estoit serui d'eux:
Leur memoire, & leur faits dont la Frãce est rauie,
Requerroient vn trauail bien plus long que ma vie.
Mon cœur seroit content, s'il pouuoit esperer
Qu'aprés tant de valeur qui vous fait prosperer,
Et de qui l'on attend des exploits & des marques
Capables d'encherir la gloire des Monarques,
Dans les vers qu'il prepare il sceut former des traits
Où vos faits genereux se peussent voir portraits.
Mais puis que le bonheur que i'ay de vous cõnoistre
Me trouue en mon bas âge, & en estat de croistre,
En cela pour le moins ie seray satisfait,
Que l'vsage rendra mon labeur plus parfait:

Et quand vostre vertu respendra plus d'amorce,
Mes vers auront aussi plus d'honneur, & de force
Pour apprendre auec vous à la posterité
Que si vous fleurissés vous l'aurés merité.
Cependant possedés tous les dons de fortune:
Que iamais accident vos desirs n'importune:
Que vous soyés tousiours heureux auprés du Roy,
Et qu'vn iour vostre esprit s'y souuienne de moy:
Qu'il sçache que pour luy ie souffre dans ses gardes,
Et suys aux factions les loix de Hallebardes,
Et qu'auec le seul vœu que le sien succedat
Ie fay gloire de viure, & mourir son Soldat.

L'HYVER
DES SOLDATS,
A Monſieur de Goullard,
ODE.

Are Amy, le Mouſquet me laſſe,
Tant de frimas, & tant de glace
Me percent iuſques dans le cœur :
Ce funeſte Hyuer m'importune,
Et ne croy plus qu'une fortune
Soit de m'en rendre vainqueur,
Il faut que ma guerre s'acheue,
Cet ennemy eſt trop mauuais,
Qui ſans reſpect d'aucune trefue
Me perſecute dans la paix.

Si

Si la meslée des batailles,
Ou l'escalade des murailles,
Estoient la cause de mes maux;
Ie tiendrois à beaucoup de gloire
D'aller conquerir la victoire
Au prix de mes plus grands trauaux.
Mais qu'esloigné de ces alarmes
Je continuë de sentir
Ces douleurs par mes propres armes?
Mon esprit n'y peut consentir.

Je ne sçay comment me resoudre
Sans besoin de bale , ny poudre
A des combats à tout propos;
Craignant d'ailleurs que mon espée
Assez dignement occupée
Dépuis force nuicts sans repos,
Blasmât mes sens d'estre pariures
S'ils souffroient plus que la saison
Les accueillit de tant d'iniures
Sans en vouloir tirer raison.

T

Loin de la Guerre, & de l'Enuie,
J'espere en vain la doucë vie
Où nostre effort est renoüé:
La chambre que i'ay pour retraite
Contre l'Hyuer qui me mal traite
N'est pas vn' Arche de Noé.
Si sa paroy relante & molle
Ne resistoit a mon discours,
Ie la croiroy l'antre d'Eole
Où mille Vents regnent tousiours.

En cette rude inquietude
Quand trauaillé de mon estude,
Ie cherche en la Nuit quelque paix,
Elle me fait mesme la guerre
Dans vn lit dur comme la pierre,
Que le froid ne quita iamais:
Et lors qu'au matin tout malade
I'attens la faueur du sommeil,
Le Tambour au lieu d'vne aubade
Me marque l'heure du réueil.

Son troiſiéme coup qui m'entraine
Au quartier de mon Capitaine
M'oblige à trouſſer mon pacquet,
Et me priuant de ma caſaque
Contre la biʒe qui m'attaque
Me fait deffendre du mouſquet.
La Sentinelle qui regarde
La troupe qui doit ſuruenir,
Nous rend d'abord ſon Corps-de-garde
Sans ſe picquer de le tenir.

Que ſi pour refaire mon ame
Aux rays de la celeſte flame
A l'abry d'un Nort affligeant,
Le fer poſé, ie m'achemine
A quelque muraille voiſine;
Ie ſuis rapellé du Sergent,
Et ne ſçay s'il ſe perſuade
Que mon courage eſt des plus forts,
Ou que i'aime la pourmenade,
M'arreſtant a garder le Corps.

Aprés plusieurs heures passées
Que ie sens mes forces cassées
De transporter le rude poids
D'vn gros Mousquet, de qui la méche
N'a point de flame qui m'empêche
De souffler mille fois mes doits,
En vain le Soleil se retire
Pour rendre mon corps plus dispos,
La Nuit pour moy n'est qu'vn martire,
Et la seule ombre du repos.

A peine vn peu ie me delasse
Estendu sur vne paillasse,
Où tous les coins font le cheuet,
Où la durté qui me trauaille
N'a que du bois, au lieu de paille
Qui me sert de plume, & duuet:
Qu'vn Caporal prend la chandelle
Certain de mon affection,
Et me remet en sentinelle
Pour ma seconde faction.

Tantoſt au Louure, ou ſur la Seine:
Ou ſi c'eſt le Bois de Vincenne
Qui me retient en Garniſon:
Cet Apointé qui m'importune
Me plante ſur la demi-Lune.
D'où ie voy tout noſtre Horizon:
Et là d'vn muet dialogue
Ne diſcourant qu'auec mes yeux,
Me faict deuenir Aſtrologue
A force d'auiſer les Cieux.

Cependant la Bize me picque
Sans reſpecter Mouſquet, ny Pique,
Et par ſes efforts inhumains
Aprés mille coups contre terre,
Me rend inutile a la guerre,
Et perclus des pieds & des mains.
En vain i'écoute l'Horloge,
Qui pour me faire là perir,
Et garder qu'on ne me deſloge,
Se rend lent à me ſecourir.

❧

Afin d'y rasseürer mes veilles
Le froid me ronge les oreilles,
Et me tirannise si fort;
Que ma teste n'est plus capable
De rendre mon deuoir coupable
D'outre sommeil, que de la Mort:
Et si tost le Sergent n'arriue,
Le froid qui me saisit le cœur
Suffoque mon sang, & me priue
De plus seruir mon Roy vainqueur.

❧

Lors qu'à la fin quelque Hallebarde
Me rameine à mon Corps-de-Garde
Auec des pas tous chancelants,
Et sans que rien tienne mon ame
Que le desir de voir la flame
Pour qui mon cœur fait des eslans:
Quel grand chaud pourroy-ie reprendre,
Trouuant aux froids qui m'ont outré
Quinze, ou vingt Soldats sur la cendre
Souffler trois branches de cottré.

Ces maux rebutent mon courage,
Ie ne puis souffrir tant d'outrage
Sans combatre des Ennemis.
De quelque espoir que tu m'alleches,
De grace auance tes depesches
Si tu en fais à tes amis :
Attendant que la guerre vienne
Et me presente vn sort plus beau :
Ie m'en vay mettre vers la Guienne,
Ma main à l'encre en vn barreau.

LETTRE
A MONSIEVR
DE CAILLAVET
Sieur de la Taure.

A fortune m'est eschappée
Que ie suiuois à coups d'espée
Parmi des perils glorieux :
Le bruit, la poudre, & la fumée
Que i'ay rencontré dans l'armée
L'ont faite égarer à mes yeux.
Seché de fievres, & tout vuide,
J'y renonce d'orenauant :
L'excés m'a laissé trop auide
Pour me pouuoir soûler de vent.

Toy

Toy, qu'vne longue patience,
Et que seize ans d'experience
Ont reuestu d'vn corps de fer:
Puis que le Destin ne prospere,
Qu'au courage qui perseuere
A perir, ou a triompher:
Cousin, par ton sang ie t'exhorte,
D'estre plus obstiné que moy,
Sans que le point d'honneur te porte
Que contre l'ennemy du Roy.

Quitte ces querelles honteuses
Où l'on m'a dit que tu t'ameuses
Sur le raport d'vn suborneur:
Que la gloire de ton espée
Ne soit desormais occupée
Qu'a trauailler a ton bon-heur:
Parfait Amy, ie te conjure
De ne plus suiure le danger
Que tu cours de te faire iniure,
Sous pretexte de t'en vanger.

V

Tandis qu'a la prise des villes
Où tes armes feurent vtilles,
On me disoit a tout propos
Qu'à l'assaut, & aux canonades,
Dans le sang, & les mousquetades,
Ta vertu goustoit son repos:
Aux nouuelles de la victoire
Loüant du succez des combats
La valeur d'vn Roy plein de gloire,
I'ay mille fois beny ton bras.

Mais depuis que la trefue est faite,
Dont nostre France est satisfaite:
Et qu'on me conte tous les iours,
Que malgré la paix de nos terres
Tu te suscites mille guerres
Sur la raison des vains discours:
Ie tremble a tout moment dans l'ame,
Et sans te trouuer en deffaut,
Nos Edits font que ie te blame
D'auoir plus de cœur qu'il ne faut.

Ie ne puis souffrir que des lasches
Pour se mieux purger de leurs taches
Y prostituent ta valeur:
Que pour oster d'inquietude
Quelque esprit plein d'ingratitude
Tu te portes a ton mal-heur,
Et que de peur d'estre inutile
Comme ces morgans d'aujourd'huy,
Ta main se rende trop facile
A vanger les affronts d'autruy.

Si tu cheris tant la querelle,
Ie t'auertis que la Rochelle
S'en va souffrir le Camp du Roy:
Prepare là tes fortes armes:
On a besoin en ces alarmes
De guerriers vaillans comme toy:
Son orgueil desormais s'abrege,
Car offensé de ses progrés
Le Roy luy fait dresser un siege
Pour la descendre par degrés.

Considere que quinze années,
Et mille veilles obstinées
En la garde de nos ramparts,
Quelque raison qui t'en dispense
Demeureront sans recompense,
Si maintenant tu t'en desparts:
Et qu'en vain vn coup de courage,
Clairac tuant sa garnison,
Sauua ton Cadet de l'orage,
Ramparé d'vn coin de maison.

Cousin, de grace continuë
Sans que ton los se diminuë,
Et pour rencontrer plus d'appas
A suiure vn dessein si auguste,
Souuien toy que pour vn Roy Iuste
Tu cours au peril du trespas:
Et quelque sort qui t'importune,
Sçache qu'il ne faut qu'vn moment
A trouuer les dons de fortune
A qui les cherche constanment.

Que si i'esloigne ces tumultes
Pour oüyr les Iurisconsultes
Sur le fait des Romaines loix:
Ne crain pas pourtant que ie quite
Ce qui te donne du merite,
Puis qu'il s'accorde auec leurs voix.
Les Lettres sont sœurs de l'Espée,
Et l'vn' & l'autre a ses combats:
La langue au fer est occupée,
Et les Barreaux ont leurs Soldats.

A
MONSEIGNEVR
L'ARCHEVESQVE
DE BOVRDEAVX,

Sur la mort de M. le Cardinal de Sourdis.

MONSEIGNEVR,

Comme si ce n'estoit pas assez que Bourdeaux perdist son Archeuesque, il a fallu encore que vous aye perdu Monseigneur le Cardinal vostr Frere; & qu'il ne nous ait de rien seruy d regretter long temps ſa maladie, puis que nous ſommes encore en peine de pleurer ſa mort. En cet endroit, ſi le Ciel a eſté iuſte en nous oſtant ce que nous ne meritions pas d'auoir, il ne s'eſt pas monſtré moins cruel en nous priuant d'vn bien qui nous eſtoit ſi neceſſaire. La France luy demande ſon Prelat, Rome ſon Cardinal, le Dioceſe ſon Paſteur, le Peuple ſon Pere, & l'Egliſe de France orpheline de ſon Fils aiſné l'accuſe auec raiſon de luy auoir rauy: mais quelque grande que puiſſe eſtre leur affliction, elle ſera touſiours beaucoup moindre que leur infortune. Et ie ſçay bien, MONSEIGNEVR, que ſi vous n'eſtiez pas, le monde ne doit pas aſſés durer pour faire naiſtre vn ſemblable à luy, qu'on euſt dit n'auoir eſté fait que de la Saincteté de tous les ſiecles paſſez. En effect c'eſt vne perte qu'autre que vous ne ſçauroit reparer , puis qu'il n'y a que vous ſeul qui eſtes heritier de ſa Vertu auſſi bien que de ſa Mitre. Cependant ſi ie viens vous troubler au plus fort de voſtre deuil, ce n'eſt pas tant pour vous conſoler, que pour me plaindre auecque vous: Et ne penſez pas, ie vous prie, que ces Vers veuillent eſtre les charmes de voſtre douleur , & que ie veuille apporter du remede à vne playe ſi fraiſche , de peur de l'aigrir en la voulant guerir. Mais puis que c'eſt vn mal commun, le reſſentiment en doit eſtre public. Vous agreerez donc, s'il vous plaiſt , que nous meſlions nos pleurs auec les voſtres, afin que vous trouuiez des compagnons en vos plaintes auſſi bien qu'en voſtre perte. Et veritablement nous ſerions trop ingrats, ſi vous voyant dõner des larmes à voſtre Frere , nous les refuſions à noſtre Pere; duquel

duquel si nos regrets n'égalent les merites, ils égaleront à tout le moins nos affe-
ctions que nous conseruerons encore
viues apres sa mort, comme ie fay pour
vous le desir d'estre,

MONSEIGNEVR,

Vostre tres-humble &
tres-obeïssant seruiteur.
CAILLAVET.

LES REGRETS

DE LA GUIENNE,

Sur la mort de M. le Cardinal de Sourdis.

ELEGIE.

*Voy? mon Sourdis est mort? ô Ciel! remply
d'enuie. Cause de mon émoy,
Helas! que t'ay-ie fait pour t'en prendre a sa vie
Et me l'oster a moy?*

*Quel mal ay-ie commis qui te puisse deplaire
Et l'en rendre consent,
Pour venir décharger les traits de ta colere
Sur son chef innocent?*

Si nous auons failly, que l'Enfer plein de souffre
  S'en prenne contre nous,
Sans que par ta rigueur la Vertu mesme souffre
  Vn iniuste courroux.

Si nous auons aigry tes douceurs eternelles
  Par nos mauuais deffains,
Ecrase sous ta main les testes criminelles,
  Pour épargner tes Saints.

Que ta belle clarté nous soit plustost rauie
  Pour ne la voir iamais,
Puis qu'aussi bien perdant l'objet de nostre vie
  Nous mourons desormais.

Implacable Ennemy, si la pitié te touche
  En estant le sejour,
Continuë ta haine, & te rends moins farouche
  En me priuant du iour?

X ij

Mon Sourdis ne vit plus, & ie furuis encore
　Parmy tant de douleurs,
Oyant le trifte Adieu de celuy que i'adore,
　Sans me noyer de pleurs!

Accablée de deuil, hé! comment puis-je viure
　Puis qu'il a peû mourir?
Regardant fon defpart fans tafcher de le fuiure,
　Foible à le fecourir.

Soleil, couure ton front des plus noires tenebres
　Des eternelles nuicts,
Efclaire nos malheurs de iours auffi funebres
　Que nous font nos ennuis!

Vous funeftes Marets, au fort de nos alarmes
　Fondez vous en ruiffeaux,
Et pour vous pleindre auffi, accôpagnez nos larmes
　Du bourdon de vos eaux.

Aimable Promenoir ! complice de nos ioyes
Par tes charmans attraits,
Ne veuille plus souffrir aux destours de tes voyes
Que nos piteux regrets.

Vous Ormes gracieux, qui formez le langage
De l'Air & des Zephirs,
Ne laissez plus mouuoir vostre menu feuillage
Qu'au seul vent des soupirs.

Vous Lauriers verdissans le long de ces allées,
Changez vous en Ciprés :
Que l'on ne trouue plus que des noires vallées
Dans l'enclos de ces Prés :

Vous sombres Cabinets, où le Soleil ne lance
Que des rayons fort doux,
Cessez d'estre auiourd'huy l'Asile du silence,
Pour pleurer comme nous.

X iij

Et toy belle Chartreuse, en sa mort desolée
Obscurcis ton esclat,
Pour estre auec raison le triste Mausolée
De ce noble Prelat.

Et toy riche Palais d'vn Prince tres-illustre,
En son nom erigé,
N'espere plus icy conseruer ton beau lustre
Tout Bourdeaux affligé.

Mais non, puis qu'il est mort, allez belles Allées
Dire aux ans à venir,
Que vous, ny ses Vertus aux Anges esgalées,
N'estes pas pour finir.

Va dans l'Eternité, beau Clos enrichy d'Arbres,
D'vn Temple, & d'vn Autel,
Ayant l'Illustre nom de Sourdis sur tes marbres
Tu n'as rien de mortel.

EPITAPHE

POVR LE MESME,
enseuely dans sa Chartreuse.

SONNET.

LES os du grand Sourdis sont dessous cette lame,
Sa mort a mis la Terre, & le Ciel tout en deuil:
Celuy=cy veut son Corps auec la larme à l'œil,
Et la Terre qui l'a, luy demande son Ame.

Chrestien qui lis ces Vers, si le desir t'enflame
D'apprendre ses vertus pour en faire vn recueil,
Consulte l'Vniuers qui luy forme vn cercueil,
Et certain de sa gloire à ses vœux le reclame.

Son Nom est reueré sur les plus purs Autels
Que la Religion bastisse aux Immortels,
De qui ce deuot Prince imita l'excellence.

Si tu veux mieux sçauoir sa Vie & son Trespas,
Va Passant, car ce lieu ne te le diroit pas,
Où Dieu mesme, & les Saints font regner le Silece.

RESPONSE DE LETTRE

A MONSIEVR

DE LOYAC,

SVR LA PRISE DE LA
Rochelle le iour de Touſſaincts.

DE quelque flaterie vaine
Que ta Lettre oblige ma veine
A ſe produire à l'Vniuers,
N'eſpere pas qu'à ta ſemonce
Hors du deuoir de ma reſponſe
Cette Priſe aye de mes vers:
L'objet eſt trop grand pour ma Muſe:
Et quand il ne le ſeroit pas,
Ma Robbe attend que ie m'amuſe
A de plus ſolides appas.

Les

Les grands pour venter leurs courages
Ont assez d'escriuains a gages,
Mieux faits, & plus heureux que moy,
Qui las de boire la fumée,
Et de la Cour, & de l'Armée.
Tiens pour le Code & pour la Loy,
Où ce seul regret m'importune
Que tout le merite, & le cœur,
N'y seruent rien à la fortune
Comm' à la Cour, sans Procureur.

Mais puis que tu veux que ie marque
Combien ie prise mon Monarque,
Du succés de ses bons desseins;
Ie dy, qu'entrant dans la Rochelle
Sa gloire y fût d'autant plus belle,
Qu'vn iour y remit tous les Saincts:
Et que mill' ames moins brutales
Commencerent d'y ressentir
Le fruit des Vertus Cardinales
Que l'Vniuers fait retentir.

Y

SVR LE DON
DV PORTRAIT
DE FEV MICHEL
de Montaigne.
A MONSIEVR DE BOIS-ROBERT.

ODE.

Epuis que vostre abord esclaire
Ce pays qui vous a receu,
Les pensees que i'ay conçeu,
Ne vont qu'au desir de vous plaire,
Et quoy que vous nous ayez dit
Pour maintenir dans le credit
Le Genie de nos campagnes,
Ie m'en desparts à cette fois
Que l'oracle de nos Montaignes
Ne resonne que dans les Bois.

Ce grand homme que voftre eftime
Releue aux yeux de l'Vniuers,
Où pareil obiet de vos vers,
Ne font pas celuy qui m'anime.
Vos difcours, & voftre fçauoir
Ont bien plus de quoy m'efmouuoir.
Ie croy que quand l'efprit des Anges
Vous y feruiroit de projet,
L'eloquence de vos loüanges
Pourroit furpaffer fon fuiet.

Le renom de cet homme illuftre
Que vous prifez tant auiourd'huy,
Quoy que l'on ait parlé de luy,
Reçoit de vous vn fi grand luftre,
Que tout l'honneur qu'on luy a fait,
Demeureroit fort imparfait,
Si cet Eloge qu'on luy donne
Auoit manque de voftre voix,
Puis que les Monts n'ont de couronne
Que fous l'ombre de quelque Bois.

❧

Ce vieux Portrait si venerable
Dans lequel on nous a tracé
L'vn des Autheurs du temps passé
Que vous croyés incomparable:
En despit des ans inhumains
Auiord'huy tombe entre vos mains,
Où Montaigne auec force gloire
A trouué pour se maintenir
Dans les honneurs de la Memoire
Celuy de vostre souuenir.

❧

Mais *bien* que les traits admirables
Qui font ce ~~vrage~~ *visage si* ~~beau~~
~~Pour descendre~~ *sous les couleurs* d'vn vieux pinceau,
Luy soient maintenant fauorables,
Ces crayons viuants pour les morts
Ne peuuent seruir qu'a son corps,
Despuis qu'auec plus d'auantage
Son Jugement si bien descrit,
Trouue sa plus parfaite image
Dans la bonté de vostre esprit.

Il nous paroiſt en vos penſées;
Encor' ont elles plus d'appas,
Car ſon ſtile ne porte pas
Des paroles ſi balancées.
Vos rencontres ſont plus heureux,
Et vos diſcours plus vigoureux;
Bref ſans toucher ce qui doit naiſtre,
Et qui paroiſtra deſormais:
Vos eſcrits ſont des coups de Maiſtre,
Il n'a rien fait que des Eſſays.

SOLITVDE.

OV

Les effects de la Contagion, à Messieurs

DE LOYAC ET DV PERIER.

STANCES.

Ependant que Beauual côtente voſtre enuie
Des esbats innocents d'vne paiſible vie,
Que la douce ſaiſon des bleds, & des raiſins,
Y voit depuis deux ans la campagne fertille
De gens refugiés, & rendus vos voiſins:
Ie ſuis en ſolitude au milieu d'vne ville.

Le plus funeste abord des obscures forets,
Le pays plus affreux du sable, ou des marets,
N'esgalent pas l'horreur où mon ame est reduite,
Depuis que les malheurs font icy leurs concerts
Bourdeaux ne sembleroit que l'Antre d'vn Hermite
Si ses Rues n'estoient pires que les deserts.

Comme parmi les bois, l'Amour à peine touche
Les sentiments brutaux de ce peuple farouche :
Le mary sans remords fuit sa chere moitié.
Le Pere enuers son Fils mesme rigueur exerce,
La Iustice en desordre y force l'Amitié,
Et sauuage abolit les Loix de son commerce.

Les hommes ennemis du mutuel secours,
Fuyent leur propre accés comme celuy des Ours.
Le meilleur confident n'a rien de sociable,
Les Freres, & les Sœurs manquent de charité.
Et Lycaon malgré la feinte de sa fable,
Trouue que parmi nous elle a sa verité.

Tout le monde ſe craint, s'abhorre, & ſe deteſte,
Les baiſers des Amans leur ſont ſuſpects de Peſte.
Le Medecin timide à rendre ſon deuoir,
Embroüille ſon eſprit d'effrois, & de tumultes:
Et pluſtoſt qu'vn malade ait le bien de le voir,
La Mort preuient l'effect de ſes lentes Conſultes.

Celuy que le Deſtin frappe d'vn coup fatal,
De crainte d'auoir pis, n'oze dire ſon mal;
Il ayme mieux perir ſous l'effort qui l'accable,
Qu'en monſtrant ſa douleur demander gueriſon,
Certain, qu'au meſme inſtât traité côm' vn coupable,
Pluſtoſt qu'auoir remede, il tiendroit la priſon.

Parmy les longs ennuis de cette Solitude,
Les Muſes de frayeur ont quitté mon eſtude,
A peine apres deux ans m'animant de leur voix;
Par vn trou de la châbre où ce malheur m'arreſte,
M'ont fait voir en Amy que pour m'oſter des loix
La Peſte auoit ceſſé de regner à baguette.

Apres

Aprés donc ce long tēps que ma veuë, et mes mains,
Ont parcouru dix fois les tables des Romains,
Sans faire à mes Amis ny rime ny caresse:
Doux objets que mon cœur ne reuere pas peu
Accueillés sans soupçon les vers qu'il vous adresse,
Asseurés qu'il les a bien passeZ par le feu.

A MONSEIGNEVR

L'ARCHEVESQVE

DE BOVRDEAVX.

A son arriuée durant les Aduents 1630.

ODE.

SAcré Genie de ce lieu!
Ange tuteur de l'Aquitaine!
Dont la puiſſance ſouueraine
S'aſſoit ſur le Thoſne de Dieu:
Puis que l'ame la plus eſtrange
Chante auiourd'huy dans ſa loüange,
La Venuë de JESVS-CHRIST,
Et qu'en vous elle continuë,
Agreés que par cet eſcrit
Je celebre voſtre Venuë.

Il quita la celeste Cour
Pour descendre en ces lieux funebres,
Dans l'horreur & dans les tenebres
Nous manifester son amour.
A l'esclat de ses pures flames
La nuit abandonna les ames,
Sa naissance estouffa la mort:
Jcy le mal vaincu souspire,
Et le Ciel mesme à vostre abord
Cache ses traits, & les retire.

Despuis deux ou trois ans passez
Priuez de nostre cher refuge
Nous n'auons vescu qu'en deluge,
De mille malheurs oppressez.
Parmy les pitoyables pertes
Qui rendoient nos ruës desertes,
Les plus courageux ont blêmy
Se voyant si prés de la teste
Les armes d'vn Dieu ennemy,
Qui les iettoient dans la tempeste.

Z ij

Le tre∫pas de ce Grand SOVRDIS,
A tous les ∫iecles memorable,
Sans vous du tout irreparable,
Tel que le vo∫tre ie predis,
Quelque cau∫e qu'on s'imagine
Fut celle de no∫tre ruine,
En l'arrachant de ces bas lieux,
Au∫si iamais Eclip∫e d'A∫tre
Ne fit ombre deuant nos yeux
Que pour cau∫er quelque de∫a∫tre.

En fin nos cris deuotieux,
Nos ∫ou∫pirs, & nos iu∫tes pleintes,
Ont obligé les troupes ∫ainctes
A vn ∫ecours officieux.
Leurs claires voûtes azeurées,
Qui n'ont leurs cour∫es me∫urées
Qu'au ∫eul v∫age des humains,
Pour apai∫er nos doleances
Nous rendent ores par vos mains
La douceur de leurs influances.

Nos plus grands maux s'en vont finir,
Vostre Arriuée les efface:
Dieu qui nous auoit en disgrace
Cesse pour vous, de nous punir.
Bourdeaux tout flestry de misere,
Grand Prelat, par vous seul espere
De r'auoir l'amitié des Cieux:
Et quelque sort qui le menasse,
Vous prend pour l'Astre gracieux
Qui luy r'ameine la bonasse.

Aprés tant de coups suportés
Si Dieu destourne sa vengeance,
Et nous donne de l'allegeance,
C'est vous seul qui nous l'apportés:
Car en effect, quoy que l'on die
De l'estat de la maladie
Qui nous à presque fait perir,
Ce païs auoit moins affaire
D'vn Medecin pour en guerir,
Que d'vn Pasteur pour se refaire.

Ce pauure Peuple en ses discours
Vous loüant de ce qu'il prospere,
Promet de vous tenir pour Pere,
Et de vous benir tous les iours ;
Et pour dignement reconnoistre
Le grand bon-heur que luy fait naistre
Vostre arriuée dans ce lieu,
Desirant qu'il luy continuë,
Vous paye comm'il fait à Dieu,
En celebrant vostre Venuë.

EMINENTISSIMO

CARDINALI DVCI

DE RICHELIEV,

ANAGRAMMA.

IOANNES ARMANDVS

DVPLESSIS CARDINALIS

DE RICHELIEV.

DIVVS HELIAS CARMELI,

NVNC RADIANS DESCENDE

PARISIOS.

La mesme Anagramme en François.

IEAN ARMAND DV PLESSIS
CARDINAL
DE RICHELIEV.

C'A DIVIN HELIE,
LE DESIR DV CARMEL,
VA DANS PARIS.

A MONSEIGNEVR
LE CARDINAL DVC
DE RICHELIEV,
Sur son Anagramme,
SONNET.

SI voſtre noble Eſprit permet qu'on le compare,
Et ſi tout l'vniuers eut iamais rien de tel,
Souffrez, Prince, qu'Helie en vn deſſein ſi rare
Vous cede tout l'honneur qu'il eut chez Iſraël.

Cōm'il punit Achab, Tyran traiſtre & auare,
Qui chaſſoit de ſon bien Nabot en Iſrael,
Fit triompher Iehu d'vn peuple tres-barbare
Vint about de Baal, & remit Hazael.

Noſtre iuſte LOVYS à connu dans la France
En vous le meſme enuoy, & la meſme puiſſance.
Qui fera donc icy du reproche à ma voix?

Si ie chante qu'Helie eſt viuant en voſtre ame,
Vous treuuāt ſous vn Nom tous deux veſtus de fla-
Et tous deux fleuriſſãs par l'Hiſtoire des Roys. [me

Aa

Y. II

AV MESME.

Sur ſa gueriſon, à Bourdeaux, d'vne retention d'vrine.
O D E.

N fin ce grand Chef de la France
Eſt hors de peine, & de ſouffrance,
Graces au Dieu de l'vniuers.
Bourdeaux la retiré de peine:
Laiſſez eſcouler voſtre veine,
Muſes, les canaux ſont ouuerts.

Qu'aujourd'huy tout ce peuple voye
Par les marques de voſtre ioye
Ce que ſes vœux ont merité:
Combien dans vn vaſe de verre
Les Cieux ont verſé ſur la terre
De bien & de proſperité.

La rosée la plus feconde
Qui ait iamais enrichy l'onde:
Celle du Printemps le plus doux
Qui fasse fleurir la Nature,
Quelque bon-heur qu'on s'y figure,
Ont moins de richesse pour nous.

En vain ce Port donne à la Lune
Son gain, sa gloire, & sa fortune;
Ces eloges sont superflus:
Quoy qu'il aye de remarquable,
Bourdeaux est ores memorable
Par le bon-heur d'vn autre flux.

A a ij

À
MONSIEVR
L'ABBE' DE LOYAC.
STANCES.

Rand homme ce n'eſt pas à deſſein de ſçauoir
En quel eſclat Paris a le bien de vous voir,
Que ma plume aujourd'huy vous forme cet Lettre
Ce deſir ignorant marqueroit mon deffaut:
Voſtre charge d'honneur ne me ſçauroit permettre
De ne voir pas vn feu qui eſclaire ſi haut.

L'equitable ſuccez qui vous met dans le luſtre,
Orné des qualitez d'vne perſonne illuſtre,
Ne produira iamais pour moy rien de nouueau:
I'ay veu depuis dix ans, ſans faire du Prophete,
En raportant la Mitre auec voſtre cerueau
Qu'elle s'accordoit fort auecque voſtre teſte.

La prudence de Dieu, dont le ſage deſtin
Par des iuſtes moyens conduit tout à ſa fin,
Approche vos vertus de cette gloire inſigne:
Elle ne vous a fait Predicateur de Cour,
Au ſeruice d'vn Roy qui vous en iuge digne
Que pour eſtre plus prés d'y paruenir vn iour.

Autrefois dans Bourdeaux rendât à vos merites
Sous voſtre doux accueil, mes tres-humbles viſites,
Pour ſouſmettre à vos ſens quelque mauuais eſcrit
C'ont eſté vos diſcours qui m'ont dõné des marques
Que Dieu vous reſeruoit comm'vn tres-rare eſprit
Pour porter ſa parole au plus grãd des Monarques.

Quoy qu'ait dit le Meßie en publiant ſa Loy,
Que iamais on ne veid de Prophete chez ſoy:
Bourdeaux nous a rendu ces paroles cenſées,
Rauy dans vos Sermons par mille traits diuers,
Qu'on vous verroit vn iour debiter ces penſées,
En l'vn des plus hauts lieux de tout cet vniuers.

Ce Prophetique vœu comme tres-legitime,
Vous conteple aujourd'huy bien auāt dans l'eſtime,
Et l'eſprit enuieux trouue dans ce ſucceZ
Malgré tout le venin que reſpend ſa furie,
Combien cette loüange eſtoit loin de l'exceZ,
Et des appas flateurs de la caiollerie.

Vous n'auez rien en vous qui ne faſſe eſperer
De vous voir deſormais en grandeur proſperer:
Dieu meſme pour mōſtrer aux Princes de la France
Quel appuy trouueroit en vous la Royauté,
Par voſtre propre Nom leur marque l'aſſeurance
Qu'ils doiuent eſtablir ſur voſtre Loyauté.

Tandis que voſtre Maiſtre inuincible à la guerre
Eſtend par ſa valeur ſon Sceptre ſur la terre,
Voſtre voix luy prepare vn thoſne dans les Cieux:
Et ce pieux denoir ſemble touſiours luy dire,
Qu'il doit recompenſer des biens de ces bas lieux
Ceux qu'il acquiert par vous dans le celeſte empire.

A MONSIEVR DESIEHAN.

SONNET.

Sprit que l'vniuers doit admirer vn iour,
Qui vis sans fiction, comme tu vis sans crime:
Toy dont le iugement sans pair, non sans estime,
Se trouue plus certain que l'arrest d'vne Cour.

Desian quel compliment te fera mon Amour,
L'infaillible sujet qui aujourd'huy t'anime
A soustenir par tout & ma langue, & ma rime,
Et m'oblige le plus à cherir ton sejour.

Mais puis qu'en te loüant ie ne puis estre quite
Du bien que ie reçoy dans mon peu de merite,
Et que tu ne veux pas qu'on donne à ta pitié.

L'hōneur que tu me fais de choquer qui m'offése:
Aduoüe pour le moins que ta ferme deffense,
Me marque ton courage, & ta rare amitié.

A MADEMOISSELLE
DE CLAIRMONT.
SONNET.

Dans les rauiſſemēts d'vn air melancholique
Où nos ſens de plaiſir demeurent enchantés,
Voſtre voix nous cōtraint par ſon chant Angelique
D'honorer de ce Nom vos rares qualités.

Voire meſme les airs où voſtre ame s'applique,
Font croire ſans effort à nos cœurs tranſportés,
Que les Anges des Cieux aprendroient la Muſique
S'ils pouuoient imiter ce que vous nous chantez.

L'Ame qui vous eſcoute, à vos fredons rauie,
Dans vn profond extaſe abandonne ſa vie,
Jmpuiſſante au deſir de loüer vos accens;

Belle, continuez cette douceur extreſme
Dont les charmans attraits font defaillir nos ſens,
Car icy voſtre voix a beſoin de ſoy-meſme.

Bb

POVR MADEMOISELLE
DVPIN.

SONNET.

Dans le dessein de faire vn ouurage immortel,
Le Ciel qui vous rendit sa chere creature,
Employa le trauail de toute la Nature
Pour vous former vn corps que l'on estime tel.

Cette Ouuriere vous fit vn vœu perpetuel
De toute la beauté que sa main nous figure,
Mais le Ciel emporta le prix sur sa peinture,
L'animant d'vn esprit plus digne d'vn Autel.

Icy sous la faueur de ce parfait visage,
Ma main d'vn tel esprit veut pourtraire l'image,
Doctes sœurs, hastez vous, de me porter secours,

Mais non, car cet objet surpasse vostre veine ;
Belle, c'est bon à vous de prendre cette peine,
Vostre esprit ne se peint que par vostre discours.

IALOVSIE.

Sur les Mousches de Mademoiselle d'Estrade.

ODE.

SI me trouuant tout en ceruelle
Dans le salut de cette Belle,
I'ay creu d'aborder vn Soleil;
Quel blâme y souffre son visage,
Ayant comme luy l'auantage
D'estre sans ombre, & sans pareil?

Bbij

Ma pensée qui l'importune
D'vne loüange trop commune,
Pour vn sujet si glorieux,
N'est pas de raison despourueüe
Puis que les Mousches à ma veuë
S'esgayent aux rays de ses yeux.

Leur fortune pique mon ame,
Et dans le regard qui l'enflame
Quoy qu'elle puisse discourir,
Elle reste toute rauie
De ce qu'elles treuuent la vie
Prés des yeux qui me font mourir.

C'est en vain que ie m'euertüe
En loüant le trait qui me tuë
De me guerir par la raison,
Mon étonnement se r'angrege,
Quand i'apperçoy sur cette nege
Des Mousches en toute saison.

Mousche, qui volez sur Madame,
La recompense de ma flame,
N'estes-vous pas dignes de mort?
Puis que le seul feu des chandelles
Consume vos corps, & vos aisles,
Et s'offense de vostre abord.

Chetifs auortons de Nature
Doy-ie plus souffrir cett' iniure?
Faut-il que l'honneur de ce front
Qui d'aucun respect ne vous touche,
Empesche mes mains, & ma bouche,
De me vanger de cet affront?

Ostez de là vos corps humides;
Car fussiez-vous des Pyralides,
Ce feu n'espargne pas le Ciel,
Et pour pretexter vostre audace,
Toute la douceur de sa face,
Ne vous rendra iamais du miel.

Bb iij

Voſtre vollée fait outrage,
Aux qualitez de cet ouurage,
Si cet abord iniurieux
N'a de ſujet qui vous attire
Qu'afin de voüer voſtre cire
Aux claires flames de ſes yeux.

Mouſches, quittez ce beau viſage
Où vous nous portez du dommage,
En y faiſant croiſtre nos maux;
Ce teint qui ſurpaſſe l'Albaſtre
Par ſa blancheur qu'on idolatre,
N'eſt pas la Cour des animaux.

A LISE.
EPIGRAMME.

Lise tu demandois que ie fisse caresse
De quelques petits vers aux yeux de ta Mai-
Ie l'eusse desia fait si mes sens estonnez [stresse;
En cherchant la beauté qu'en elle tu me loües,
Eussent peu rencontrer parmy ses grasses ioües,
De sujet, qu'à tracer l'Epitaphe d'vn nés.

POVR L'ESVENTAIL.

De Madame de Hoüillés.

ODE.

Ventail mille fois heureux,
Puis que ton souspir amoureux,
Flate ce beau teint que ie loüe;
Et qu'en ce chaut, pour l'appaiser,
Philis, t'offre sa belle ioüe,
Et te permet de la baiser.

Parmy

Parmy l'excés de ton bon-heur,
Pour te rendre vn parfait honneur,
Et qui s'accorde à ta puissance,
Ie te veux peindre par le iour,
Ou par la celeste influance
Qu'on donne aux aisles de l'Amour.

Ie diray mesme, si tu veux,
Que l'vniuers n'a pas de vœux,
Qui soient dignes de ton haleine :
Mais las ! ie crains qu'en te seruant,
Pour recompense de ma peine,
Tu ne me donras que du vent.

Cc

A MADAME DE V.

Sur vne demande qu'elle luy fit.
de quelques vers.

EPIGRAMME.

Yant le choix dans cet ouurage,
De tant d'attraits & si diuers,
Qui nous forment vostre visage
Pour qui vous desirez des vers ;
Agreés adorable Dame,
L'excuse que vous fait mon ame,
En vous confessant son deffaut ;
Mon cœur s'attache à la coustume,
Et du premier effort, ma plume
Ne voudroit pas monter si haut.

Autre Responſe à deux Dames.

SONNET.

Epuis que i'ay deſſein de portraire Philis,
Pource qu'elle a vanté Melinde & mon ou-
Ie n'ay peu iamais voir Clarite ny Melis, [urage;]
Sans eſtre importuné de faire leur image:

Mais en vain tous mes ſens mille fois recueillis
Y ont cherché dequoy ſouſtenir mon langage,
Au lieu de la blancheur, de l'Albaſtre, ou des Lis,
Ces viſages d'Eſté n'abondent qu'en ombrage.

Dames, ſi vous viuez encor' en ce deſſain,
De grace, pour iouyr d'vne meilleure main,
Ennoyés en Eſpagne, en Flandre, ou en Eſcoſſe:

Ie ne ſuis pas Zeuxis pour donner de l'eſclat,
En huile, ou en détrempe, à vn ouurage plat,
Ny Praxitelle auſſi pour trauailler en boſſe.

Cc ij

A MADEMOISELLE

D'AVBIAC.

SONNET.

Vous, de qui l'entretien, en ce noble sejour,
Chasse de nostre esprit les ombres, & les glaces,
Vous à qui la Nature a prodigué ses graces,
Et Dieu les plus grands biens de sa celeste Cour.

Dites moy? quel crayon me fournira de iour
A peindre le Soleil des plus illustres races,
Et marquer en ce lieu les immortelles traces
Des dons que vous ont fait les Graces, & l'Amour?

Belle, ie voy desia mes ardeurs preuenuës,
Vos qualités par vous sont assez reconnuës,
Puis qu'on ne donne point des preuues de Vertu

Plus fortes, qu'en choquât par tout la médisance,
Où mon honneur ces iours faillit d'estre abbatu
S'il n'eut treuué chez vous l'Azile d'Innocence.

Responfe aux mefdifances d'vne camufe.

EPIGRAMME.

EN vain impudique camufe,
Vous faites l'efprit delicat,
Quand vous mettez en jeu ma Mufe,
Ou ma qualité d'Aduocat:
Vous n'auez rien en vous de marque
Que le vifage d'vne Parque,
Et l'infection d'vn Punés:
Auorton d'vn Nambot de Bafque,
Songez à cacher voftre nés,
Car vous ne vallez que pour mafque.

A MADEMOISELLE
de Laugnac.

SONNET.

Dieux! auec quel plaisir l'ame se trouue vnie
Aux celestes accords du Roy des Instrumens?
Que l'esprit y reçoit de doux enchantemens,
Et que cette douceur approche l'infinie?
Si tost que vostre main delicate manie
Ce Luth melodieux, nos iours sont des moments,
Nos corps sans action, nos yeux sans mouuements
Suspendus au concert de sa douce harmonie.
Les Anges comme nous demeurent en transport:
On semble en vous oyant n'estre viuant ny mort.
Puis donc que rien ne fait icy de violence,
Que tout en vous oyant s'abandonne au repos:
Leur raison me semond d'arrester mes propos.
Les airs de vostre Luth ne veulent que Silence.

A MADEMOISELLE
de M.

SONNET.

Lors qu'aprés vn long temps de fidelle seruice
Vne chaste-faueur recompensames maux,
Vostre cœur imita la diuine iustice,
Qui ne peut refuser leur prix à nos trauaux.

Dés l'heure mon Amour de mes desirs complice,
Mit pour vous en dessein des ouurages si hauts,
Qu'au prix de vos cheueux tous ceux de Berenice,
N'eussent eu dans le ciel que des rayons tres-faux.

Mais certes auiourd'huy que vostre humeur
farouche,
Ne trouue en mon ardeur de charme qui la touche,
Et que vostre rigueur choque ma loyauté

Clorinde, excusez moy si vostre honneur m'arreste
A ne faire aucun vers sur vostre cruauté,
De peur que l'on me creust amoureux d'vne beste.

POVR MADEMOISELLE
DE PONTAC,
SONNET.

PHilis, en se mirant admiroit ses merueilles,
D'vn regard qui dōnoit aux Anges de l'amour
Contemplant le corail de ses leures vermeilles,
Et son teint plus charmant que la clarté du iour.

Ses mains pour mieux orner ses tresses nōpareilles,
Ajustoient les cheueux qui voloient à l'entour
Cependant que sa voix enchantoit mes oreilles
D'vn air mélodieux qui venoit de la Cour.

O miroir! dis-je alors, qui fais voir à Madame
Cet objet que l'amour graua dessus mon ame
Le iour que ses beaux yeux t'en rēdirēt vainqueur,

As tu iamais rien veu si puissant que sa grace,
Puis qu'auiourd'huy ses traits qui m'ont blessé
     le cœur
Tirent mesme du feu du milieu de ta glace?

                                        O Iour

A MADEMOISELLE
de Clariſſan, ſur vn deſpart.
CHANSON.

O *jour, pire que mille Nuits!*
Triſte ſujet de mes ennuys,
Il nous faut donc quitter la vie?
Pourquoy n'es-tu moins beau? ta clarté nous fait
tort:
Philinde nous eſtant rauie,
Nos ſens n'attendent rien de plus doux que la mort

Soleil cache nous tes rayons
Car c'eſt en vain que nous voyons
L'orgueil de tes foibles lumieres.
Onn'a plus de raiſon d'enuiſager les Cieux,
Tout y deſplaiſt à nos paupieres
Priuez du cher objet qui brilloit à nos yeux.

Dd

Amour, nous mesprisons tes dards;
Perdant le bien de ses regards
Tu pers la gloire de tes armes.
Tes traits sont sans honneur, & sans fruit tes tra-
Philinde éloignant ces doux charmes, (uaux)
Dont l'aspect seulement enchantoit tous nos maux.

Beaux yeux si charmans, & si doux
Helas! pourquoy nous quittez vous,
Apres auoir blessé nos ames?
Au moins chere Beauté, tandis qu'en autre part
Vous produirez nouuelles flames
Ecoutez les Adieux de ce triste depart.

Adieu Bouche pleine d'appas
Qu'on doit cherir iusqu'au trespas:
Adieu gorge que i'idolatre,
Capable de rauir les hommes & les Dieux;
Beau Sein qui surpasse l'albâtre,
L'esclat du firmament, & la rondeur des Cieux.

A MADAME DE S.
Sur sa mousche.

SONNET.

Ostre mousche, Madame, est de fort bône grace,
Elle a prés de vos yeux des attraits fort char-
mants;
J'auoüe qu'au milieu d'vn Hyuer plein de glace
Elle respend des feux à doubler nos tourments.

Que ce teint delicat qui forme vostre face,
Y trouue plus de iour, & plus d'allechemens,
Et que dans ses atours vostre beauté surpasse
Le plus diuin objet qu'adorent les Amans.

Mais puis que vous voulès que ma rare frâchise,
Loin du discours flateur en ce lieu vous predise,
Quel succés amoureux vous en peut arriuer,

Afin que mon aduis de tout mal vous esloigne,
Madame, croyez moy, n'en portez que l'Hyuer,
Car les mousches d'Esté vont fort à la Charongne.

A NERINDE.

EPIGRAMME.

C'Est bien mal à propos que vostre ame se pique
D'auoir pour seruiteur vn gros corps d'Empi-
rique;
Pour respondre au discours que vous auez tissus,
Ie soustiens que ces Gens sont lourds à la bataille;
Qu'au côcert de l'Amour n'excellas qu'en la Taille
Ils en sont moins adroits à faire le Dessus:
Que leur masse de chair sans vie, et sans courage
Dans nos ieunes ébats se tuë pour neant:
Qu'en effet si l'Amour y valloit dauantage,
L'on auroit peint ce Dieu sous le corps d'vn Geant.

Pour responfe de lettre,

A MONSIEVR DVPERIER.

SONNET.

D'Amon, c'eft me flater auec trop de loüange,
Ou difcourir du ciel auec trop de mefpris,
Que de croire mes vers digne d'vn fi haut prix,
Ou les parangonner auecque ceux d'vn Ange.

Que fi le bien d'autruy en mon propre ie change,
En plaidāt pour moy feul dans les vers que i'écris,
Il faut ou que Melinde haïffe mes écrits,
Ou que fa volonté à la mienne fe range.

Comment veux-tu Damon, que pour mon feul
  refpect,
Ie m'empefche d'auoir ce compliment fufpect,
Puis qu'ayant la raifon, & le droict à mon ayde,

Dans les plus grāds trauaux que ie puis deffeigner,
Melinde tous les iours me fouffre que ie plaide,
Et fi depuis deux ans ie n'ay fçeu rien gaigner.

Response à vn Gausseur Macq.
& Poëte.

Vitte cette mauuaise humeur,
Foible tiercelet de Rimeur,
Qui te fait mordre mes Harangues;
On voit assez par ton écrit,
Que iamais le diuin Esprit
Ne t'honora du don des langues.

C'est mal vser de la raison,
Que d'appeller dans ta maison
Les Deités où tu t'amuses:
Si ie n'auois certain respect
Ie t'auertirois que les Muses
Ne vont iamais en lieu suspect.

A vn autre Mesdisant.

EPIGRAMME.

Rimeur ne pretend plus auecque ta menasse
De monter voir les Sœurs pour médire de moy;
Car le Cheual Pégase est au bout du Parnasse,
Qui ruë de tous pieds aux Asnes comme toy.

A CLARITE.

EPIGRAMME.

Qvand ie blasme en riãt Iris d'vn peu d'orgueil,
Soudain vos cõplimens me font vn bõ accueil,
Pour mieux vous exempter de ce cõmun reproche,
Disant qu'il n'en est point de plus humble que vous:
Clarite, on le sçait bien, pour peu qu'õ vous approche,
On tient que vous prenés franchement le dessous.

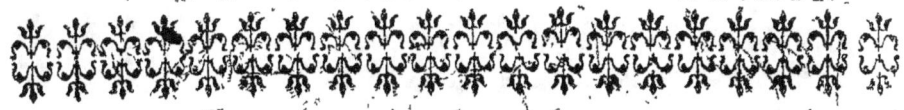

Responſe à la Conſulte d'vn Boiteux.

Vr le procés eſmeu contre vos deux Niéces,
Le Cõſulté reſpõd qu'en vain vous trauaillés
En des affaires ſi brouillés :
A preſſer par contrainte, à remettre vos pieces.
Si vous n'auez d'autre ſupport
J'ay peur qu'on iugera que vous auez le tort.
Mais ſi vous deſirez bien faire,
De meilleurs inſtrumens appuyez voſtre affaire.
Autrement quand la Robbe en corps ſe reſoudroit
De vous y rendre vn bon office.
Vos faits clochent ſi fort, que iamais la Iuſtice
N'y trouuera ſurquoy vous pouuoir faire droict.

A TIRSIS.

EPIGRAMME.

Tirsis, ne vante plus les chansons de ta Dame,
Sa voix melodieuse est fatale à ton ame,
Si c'est le seul objet qui t'engage à sa loy:
Parle pour ton honeur de quelque autre merueille,
Autrement tu feras mal presumer de toy,
Car tu sçais que l'on prend les Asnes par l'oreille.

Ee

A MONSIEVR DE LOYAC.

SONNET.

INtime Confident de mon plus haut deſſein,
En qui mon iour natal verſa ſon influance,
Et du meſme rayon qu'il m'embraza le ſein,
Peu d'ans apres la mienne éclaira ta naiſſance.

Toy, dont le iugement n'eſtime rien en vain,
Qui ſeul de mes amis connois cette puiſſance
A laquelle auiourd'huy ie trace de ma main
Les ſerments eternels de mon obeïſſance;

Loin du doux compliment dont tu peins le bon-
heur,
De celle qui commande à ce triſte Sonneur:
Aduoüe cher Loyac par l'adorable treſſe

Où Melinde retient mon Amour arreſté,
Qu'vn Dieu ſans deshonneur vendroit ſa liberté
Pour ſe rendre captif d'vne telle Maiſtreſſe.

A MELINDE.
Sur son Pennache.

SI voyãt qu'vne Plume entoure vos cheueux
     Mon Amour s'en offense,
Pardonnez-le Melinde, à ma rare constance,
Qui trouue cet objet ennemy de ses vœux.

Dans l'amour eternel que mon esprit desseigne
Faut-il que ces cheueux, où ie suis arresté,
Fassent voir à mes sens que vous portez l'enseigne
     De la legereté?

Belle, ie vous conjure
Par ces liens dorés qui m'ont mis en faueur,
De fuir le renom d'vn' Amante parjure,
Et ne prendre iamais ce blazon pour le cœur.

Ee ij

Sur les Amants d'Iris & de Nerinde.

EPIGRAMME.

Iris, vous soustenés qu'il n'est rien si charmant,
Qu'vn Corps de belle taille, & bien fait de vi-
sage,
Cependant que Nerinde estime dauantage
Certain Esprit qu'elle a pour son fidelle amant.

De deuiner qui c'est, en vain ie m'éuertuë;
Sans pourtant offenser vostre amoureuse fin
Ie croy que vous aymez, Iris, vne Statuë:
Et vostre amour Nerinde est pour quelque Lutin.

Sur l'absence de Melinde.

SONNET.

L'Absence du Soleil nous fait mille rauages,
Elle produit l'Hyuer qui nous est si fatal,
Empesche le transport des bleds, & du metal,
Deserte l'Ocean, les Champs, & les Riuages.

Les plus beaux Promenoirs y deuiennent sau-
uages,
Et les Ruisseaux plus doux d'inutile Cristal;
Il n'est point de Terroir
Il n'est Terre, ny Cité qui n'y souffre du mal,
         est   escarpe,
L'vn se submerge d'eau, l'autre crevé d'orages.

Voyant que la Nature en cét éloignement
Parmy tant de malheurs quitte son ornement.
Melinde, si mon cœur pouuoit perdre sa flame

Souffrant les autres maux qu'endure l'vniuers,
L'absence de vos yeux causeroit à mon Ame
Ce que font à nos corps les plus rudes Hyuers.

À TIRSIS,
Sur ses desbauches.

EPIGRAMME.

NE suiuant que les Cabarets
Au temps que la vertu doit fleurir dans nos
ames,
Tu as raison, Tirsis, d'aprehender les flames
Que Dieu verse dans ses Arrests;
Car aussi viuant de la sorte,
Pourrois-tu presumer que la bonté des Cieux
T'allast visiter dans ces lieux,
Où l'on pend tous les Saints, & Dieu mesme à la
porte?

A MONSIEVR DE LOYAC,

Sur le retour de Melinde.

Sī toſt que i'eus perdu l'entretiẽ de Madame,
Que ſon triſte deſpart m'eut éloigné ſes yeux,
Mon Amour commẽça de conjurer ces lieux
Qui me la poſſedoient, de la ren lre à mon ame.
Leur Genie ſacré ſe reſolut d'abord
De propoſer vn pacte, & nous mettre d'accord.
Ces lieux me demãdoient des chanſons de loüange,
Et ie leur demandois l'objet de mon Amour.
Rare Amy, n'ay-ie pas du gain en cet eſchange,
Ayant eu pour des vers, Melinde de retour.

FIN.

www.ingramcontent.com/pod-product-compliance
Lightning Source LLC
Chambersburg PA
CBHW061451030726
47503CB00005B/1660